Erling Pedersen

Das Leben ist ein Spiel

Dieser Band ist auf 100% Recyclingpapier gedruckt. Bei der Herstellung des Papiers wird keine Chlorbleiche verwendet.

Der Autor:

Erling Pedersen wurde 1947 in Romsdal, Norwegen, geboren. Nach der Ausbildung zum Lehrer zog er mit seiner Familie nach Südnorwegen. Seit 1980 arbeitet er als freier Schriftsteller. Pedersen, bekannt durch seine Fernsehspiele, hat inzwischen zahlreiche Kinder- und Jugendbücher sowie Romane für Erwachsene veröffentlicht.

Erling Pedersen

Das Leben ist ein Spiel

Aus dem Norwegischen von
Angela Djuren

Deutscher Taschenbuch Verlag

Ungekürzte Ausgabe
In neuer Rechtschreibung
Februar 2000
Deutscher Taschenbuch Verlag GmbH & Co. KG,
München

Die norwegische Originalausgabe erschien unter dem Titel
›Livet er et spell . . .‹

ISBN 3-7915-1625-6
Umschlaggestaltung: Jorge Schmidt und Tabea Dietrich
unter Verwendung eines Fotos von Jan Roeder
Graphische Bearbeitung des Fotos: Bernd Wiedemann
Gesetzt aus der Stempel Garamond 11/13
Gesamtherstellung: Ebner Ulm
Printed in Germany · ISBN 3-423-78143-2
dtv junior im Internet: www.dtvjunior.de

1

Fossen ist nicht gerade eine Weltstadt. Es hat zwar eine Stadtverordnetenversammlung und somit einen gewissen Status, aber sonst sieht es ziemlich kümmerlich aus. Ein Sägewerk, eine Limonadenfabrik, ein Bahnhof (stillgelegt), Hotel, Hamburgerbar mit Automatenhalle – und das alles eingeklemmt in einer Senke zwischen bewaldeten Hängen. Mit anderen Worten: eng, dunkel und trist.

Den Eindruck kann es jedenfalls in Zukunft machen. Aber vor nicht allzu langer Zeit schwebte ich in dieser Stadt in einer Art kindlicher Unschuld und Freude herum. Ich hatte einen sehr guten Freund, genannt Proffen. Wir hingen seit dem Kindergarten wie die berühmten Kletten aneinander. Und obwohl wir inzwischen in die achte Klasse des Fossener Gymnasiums gingen, schienen wir zu glauben, dass die Idylle bis in alle Ewigkeit andauern könnte.

Dann brauchte die Limonadenfabrik einen neuen Direktor. Und so landete Lise Lotte Holth-Nielsen auf dem Platz vor mir.

Proffen verknallte sich auf den ersten Blick. Ich sah es ihm an. Die Spucke spritzte ihm förmlich von der Unterlippe und er fraß Bleistifte wie ein mittleres Nagetier.

Aus irgendeinem für mich total unbegreiflichen Grund schien auch das attraktive Mädchen etwas an ihm zu finden.

Damit war es passiert. Wir merkten es nicht sofort. Aber es wurde immer schwieriger, mit

Proffen zu reden, und er lachte immer weniger über meine Witze.

Eines Tages – aus reiner Langeweile hatte ich die Norwegischstunde geschwänzt – saß ich in der Hamburgerbar. Bei meinem Glück konnte ich damit rechnen, dass es niemandem auffiel.

Aber wer kommt da durch die Tür? Der Bratsberg! Der Erzeuger von meinem Fleisch und Blut!

»Hab mir schon gedacht, dass du hier bist«, sagte er, zufrieden mit seinen Fähigkeiten als Spürhund.

Ich stutzte. Keine Vorwürfe. Nur dieses etwas geheimnisvolle Grinsen. Außerdem hatte er schweißige Hände, einen leeren Gesichtsausdruck und einen Puls, der bis in die Augäpfel ausschlug. Da war also, mit anderen Worten, gewaltig was am Kochen.

Wenn mich nicht alles täuschte, würden wir auf einem Rundgang im DC enden. Detroit City war der Spitzname für das so genannte Industriegebiet der Stadt, wo nie Fabriken oder andere produktive Sachen gebaut worden waren, sondern wo sich schließlich ein Autohandel nach dem anderen mit mehr oder weniger undurchsichtigem Geschäftsgebaren breit machte. Im Augenblick waren die Zeiten vermutlich alles andere als rosig. Aber das konnte unmöglich an meinem Vater liegen. Kaum einer hatte dort draußen mehr Schuhsohlen abgewetzt und mehr Kronen gelassen als er. Und ich, ich hatte allzu oft das zweifelhafte Vergnügen gehabt, mitgeschleppt zu werden ...

»Du bist ja das reinste Wrack«, sagte ich.

»Wie bitte?« Der Steuerbeamte heftete seinen blassen Blick auf mich, während er wie ein Besessener an dem Strohhalm in seinem Milchshake saugte.

»Autotick wäre untertrieben«, sagte ich, um ihm auf die Sprünge zu helfen.

Das nützte anscheinend auch nichts. »Jetzt gehst du bald zwölf Jahre in die Schule und kannst dich immer noch nicht in deiner Muttersprache verständlich machen.«

»Du bist autosüchtig«, sagte ich. »Die Kiste, die wir haben, ist ja kaum eingefahren. Hat mehr als genug Platz für Schwiegermutter, Ehegattin, Kind und Kegel und mehr Pferdestärken unter der Motorhaube, als du überhaupt bewältigen kannst. Und nun musst du schon wieder eins haben!«

»Nicht kaufen«, sagte er. »Nur ansehen. Nur ein bisschen ansehen.«

»Mutter wird an die Decke gehen«, warnte ich ihn.

»Es ist der neue Camry«, erklärte er. »Den gibt es jetzt mit ABS-System.«

Jaja. Wir haben alle unsere Macken. Meine sind Spiele aller Art. Ich spiele Lotto und Toto, setze beim Trabrennen und ziehe den Leuten in meiner Klasse mit großen und kleinen Wetten das letzte Geld aus der Tasche. Das heißt, ich spiele nur, wenn ich dazu aufgelegt bin. Ich hab eine Wissenschaft daraus gemacht, es zu spüren, ob ich eine Glückssträhne habe oder ob es schief gehen kann. Deshalb werde ich auch Lucky genannt. ›Leif‹ ist ja nicht gerade ein Name, den ich mit Freude trage. Niemand heißt heute so! Freiwillig! Aber irgendwann hatte mein Vater mal ein Idol im Motorsport mit diesem nach seiner Meinung so wohlklingenden Namen . . .

Aber an dem Tag war ich trotzdem nicht ganz auf der Höhe. Aus reiner Zerstreutheit verspielte ich fünfzig Kronen in dem Rote-Kreuz-Automaten, ohne auch nur ein einziges Zehnkronenstück an Land zu ziehen.

Mein Vater stürzte sich natürlich sofort auf diese Dummheit. »Das ist viel schlimmer«, sagte er. »Viele haben ihr Leben damit ruiniert. Fang du bloß nicht auch noch damit an!«

»Anfangen?«, sagte ich. »Was glaubst du wohl, wer diese Daunenjacke bezahlt hat? Die Lotto- und Totogesellschaft!«

»Ja, denn dein eigenes Geld hast du vermutlich schon verspielt!«

Dazu fiel mir so schnell keine passende Antwort ein.

Bredesen, der Toyota-Handel in Person, ging in seinem Glaskäfig vor lauter Begeisterung in die Knie, als er uns sah. Er grapschte nach Formularen und Broschüren und stürzte uns entgegen. Das breite Grinsen drohte seinen Schädel zu spalten. »Ja, guten Tag, guten Tag, Herr Bratsberg. Was für eine nette Überraschung! Nun, was kann ich den Herren anbieten? Wie wär's mit einer Tasse Kaffee und einer kleinen Fachsimpelei? Na? Wonach steht der Sinn? Nach einer Probefahrt vielleicht?«

Mein Vater wurde ganz schön verlegen. »Wollte nur mal reinschauen«, antwortete er. »Mich in aller Ruhe umsehen.«

Bredesen verstand die Anspielung sofort. »Be my guest«, sagte er in seinem besten Englisch und trat zwei Schritte zurück. »Aber der neue Camry, in den sollten Sie sich mal zur Probe reinsetzen. Nur so nebenbei gesagt, das mit dem Komfort, das haben die Japaner wirklich raus.«

»Es geht mir eigentlich hauptsächlich um die Sicherheit«, sagte Herr Bratsberg großkotzig. »Wenn man einige Jahre mit Überrollbügel gefahren ist ...«

Mehr brauchte er nicht zu sagen. Bredesen kapierte sofort und kurz darauf waren die beiden schon auf dem Weg ins Büro, um sich wie üblich über Motorsport zu unterhalten. Ich beschloss, in der Atmosphäre von Neuwagen und Tectyl zurückzubleiben. Die Geschichten kannte ich bereits, hatte sie sogar schon mehrmals gehört, und der Camry lockte mit schalenförmigen Sitzen und einem Wirrwarr von Elektronik unter der Motorhaube. Ich setzte mich hinter das Steuerrad, drückte auf einige Knöpfe, packte den Steuerknüppel, starrte träumerisch der Zukunft und dem Verkehr entgegen und führte mich überhaupt so auf, wie man es von einem erfahrenen Autokäufer erwartet.

Aber aus irgendeinem Grund zündete es weder bei mir noch bei dem Auto.

Dafür zündete es bei meiner Mutter. »Das ist ja wohl das Letzte!«, schrie sie über die Buletten hinweg.

»Da bin ich nicht so sicher.«

Idiot. Wenn er schon schlagfertig sein wollte, war das entschieden der falsche Augenblick.

»Ich ziehe aus, wenn du dir jetzt wieder ein neues Auto kaufst!«

Starke Worte. Ich schaute sie aus dem Augenwinkel genauer an. Für eine Frau von über vierzig macht meine Mutter was her. Aber die Ader, die in ihrer Schläfe pochte, stand ihr nicht. Und der Finger, der auf den Alten zeigte, erinnerte an eine Klaue.

»Da haben wir an allen Ecken und Enden gespart, um endlich mal für eine Woche in den Süden zu fahren, und du willst das Geld aus dem Fenster schmeißen! Das Auto, das wir haben, tut's noch! Noch fünf Jahre! Noch zehn Jahre! So wenig, wie wir fahren! Ich hab die Nase voll von Autos! Ich hab die Nase voll davon, deine alten Pokale zu putzen! Ich hab die Nase voll davon, dass du nie erwachsen wirst!«

Das so genannte Oberhaupt der Familie sagte erst mal nichts. Es kaute nur so vor sich hin und überlegte. Mir schwante Fürchterliches und ich beschloss einen liebevolleren Ton anzuschlagen. »Vielen Dank fürs Essen. Hat toll geschmeckt«, sagte ich mit meinem schönsten Lächeln.

Sie übersah mich vollkommen. »30 000 Kronen direkt aus dem Fenster! Noch mal! Nein!!!«

»ABS-System«, sagte er. »Du kennst mich doch, ich bin nun mal so . . .«

Aus irgendeinem Grund brachte sie das zum Schweigen. »Du könntest doch versuchen langsamer zu fahren«, kam dann schließlich.

Da war natürlich die Luft raus. Selbst wenn immer noch eisige Stimmung herrschte, war die Diskussion für dieses Mal geplatzt.

Und als ich auf meinem schäbigen Drahtesel die vereiste Straße hinunterklapperte, machte ich mir so meine Gedanken. Man oder vielmehr mein Vater explodierte viel zu selten. Immer lenkte er ein und gab klein bei. Und meine Mutter nagelte ihn nie fest. Kein Wunder, dass der Mann ein Magengeschwür hatte. Irgendwo musste das Fass ja überlaufen.

Dann dachte ich nicht mehr daran. Ich hatte anderes vor. Spaceworld und Monaco Grand Prix warteten auf mich und ich drehte an der Gangschaltung, um schneller vorwärts zu kommen.

2

Vierzehn Tage später hatte Frau Bratsberg sich damit abgefunden, dass sie auch in diesem Jahr keine Reise in den Süden machen konnte. Denn der Alte stand bereits mit Wachs und Polierscheibe in der Garage und machte an dem Neuwagen rum, dass der Schweiß nur so strömte.

»Ist das eigentlich Nummer zwölf oder vierzehn?«

»Zehn«, antwortete er. »Der Zehnte. Aber vergiss bitte nicht, dass ich den Führerschein schon seit fünfundzwanzig Jahren hab. Viele wechseln ihre Autos öfter.«

Ich überlegte, ob ich ihn daran erinnern sollte, dass er bloß sechs-, siebentausend im Jahr fuhr, ließ es aber sein. Er machte selber einen etwas verfahrenen Eindruck, um es mal so auszudrücken.

»Ich hab mich in der Fahrschule angemeldet«, sagte ich schließlich.

»Das habe ich befürchtet«, sagte er.

»Also wenn du ... Ich meine, wenn du mal abends Zeit hast ... könnten wir da nicht mal eine kleine Spritztour machen ...«

»Mit dem neuen Wagen?«

»Das hab ich befürchtet«, sagte ich düster.

»Außerdem hast du es ja wohl nicht *so* eilig!«

»Nein? Hast du nicht genau an deinem achtzehnten Geburtstag den Führerschein gemacht?«

»Hör auf Leute mit Erfahrung«, sagte er. »Du

hast noch genügend Zeit, da rauszukommen.« Er nickte vage in Richtung Straße und Welt im Allgemeinen.

»Besten Dank«, sagte ich. »Aber genau darum geht's ja eigentlich, verstehst du. Ums Rauskommen ...«

Aber er schien immer noch nur Bahnhof zu verstehen.

Der erste Abend des so genannten Theoriekurses wurde eine sonderbare Vorstellung. Es war brechend voll. Um mich herum saßen einige Klassenkameraden, ein paar Halbstarke vom Lande, zwei Hausfrauen, die sich selbst verwirklichen wollten, und ganz unten in der Ecke drückte sich einer herum, der wegen Trunkenheit am Steuer verurteilt war.

Lissa war auch da. Jetzt war sie also Proffens Freundin. Er hatte den Führerschein schon längst gemacht und saß Abend für Abend in Papa Jörgensens altem Volvo hinter dem Steuer.

»Was willst'n du mit dem Führerschein?«, fragte ich lässig.

Sie heftete ihren veilchenblauen Blick auf mich und schon bereute ich meine Frage. »Auto fahren«, sagte sie.

Ich nickte. Die Antwort war nicht gerade überraschend.

Lissa wandte ihre ganze Aufmerksamkeit wieder dem Fahrlehrer zu.

Er war eigentlich Bäcker, dicklich und schlapp, war aber plötzlich auf die Idee gekommen, dass er seine Brötchen woanders verdienen müsste. Niemand begriff, weshalb er sich für die Fahrschule entschieden hatte. Er und sein Brotwagen waren ja immer ein bekannter Risikofaktor im Stadtzentrum gewesen.

»Sie sind hierher gekommen, um Auto fahren zu lernen! Aber warum wollen Sie Auto fahren lernen?« Dramatischer Nachdruck auf *warum*.

»Gute Frage!« Ich zwinkerte Lissa zu.

Sie hob rasch die Hand. Das machte sie immer, in der Schule auch. Wenn der Lehrer anfing zu schwitzen, weil er einsah, dass die Fragestellung vollkommen verkehrt war, streckte Lissa die Hand in die Höhe und half ihm aus der Klemme. Eines Tages würde noch etwas Großes aus ihr werden. Ich war allerdings mehr an der schwungvollen Linie ihres sportlichen Rückens interessiert und an dem Schimmer von Haut zwischen Pullover und Jeans . . .

Aber der da vorne legte gar keinen Wert auf eine Antwort, sondern dröhnte weiter: »Vier Prozent von Ihnen sind potenzielle Raser. Das sagt die Statistik. In jeder Gruppe gibt es ein paar, die ganz aus dem Häuschen geraten, wenn sie hinter einem Steuer sitzen.«

»Wer ist denn das?«, fragte ich laut genug. »Kenn ich den vielleicht?«

Die Stimmung im Raum wurde sofort besser. Ich spürte, dass ich allen einen Gefallen tat. Weil ich sozusagen das Eis brach.

»Aber ich will nicht, dass jemand von Ihnen dort draußen ums Leben kommt. Ich möchte ungern auf Ihre Beerdigung gehen.« Er machte eine Pause, schritt auf und ab und beobachtete uns dabei aus dem Augenwinkel. Es war wie früher in der Volksschule, wenn der Rektor in die Klasse kam, um die wöchentliche Moralpredigt zu halten. »Hat übrigens jemand von Ihnen eine Idee, wie man es vermeiden kann, sich oder andere zu Tode zu fahren?«

Nach und nach kamen einige mehr oder minder fantasievolle Vorschläge. Besserer Fahrunterricht, sicherere Autos, bessere Straßen und so weiter.

Der da vorn fing an zu schwitzen.

Da fand ich, dass ich auch einen Beitrag leisten musste. »Das Tempo«, rief ich. »Runter mit dem Tempo. Das bringt uns um.«

»Gut, gut.« Der Lehrer nickte eifrig. »Es sind die hohen Geschwindigkeiten, die zum Tode führen.«

»Alles über fünfzig.«

Belustigtes Gemurmel erhob sich in den Reihen.

»Na ja ...« Der Brezelbäcker runzelte die Stirn bis runter in den Nacken. »Man muss ja nicht übertreiben. Ich meine, einhundertzwanzig auf vereisten Winterstraßen ist eine Sache, eine andere achtzig auf trockenem, gutem Asphalt.«

»Wenn wir nun alle Autos plombieren würden, so dass sie nicht schneller fahren können als fünfzig . . .«

Eine Woge lachender Proteste schlug mir entgegen.

»Aber das ist doch ganz logisch! Fünfhundert Tote und fünftausend Verletzte! Einzige Möglichkeit. Runter unter fünfzig oder sich damit abfinden, dass Leute totgefahren werden.«

Sie dachten darüber nach. Einige dachten darüber nach. Die anderen pfiffen. Ich war recht zufrieden mit mir.

Aber der Fahrlehrer lächelte kein bisschen.

Proffen kam nicht wie verabredet. Ich sah, dass Lissa wartete. Es war windig und schneite leicht. »Wollen wir nicht in die Burgerbar gehen? Er kann sich schon denken, dass du da hingegangen bist. Proffen ist zwar zerstreut, aber ein Dummkopf ist er auch nicht.«

»Aber du!«

Damit hatte ich nicht gerechnet. »Möglich . . .«, antwortete ich etwas unbestimmt.

»Willst du den Führerschein machen oder nicht?«

»Daran kann mich ja wohl niemand hindern!«

»Dann halt lieber die Klappe. Du bist doch vom Fahrlehrer abhängig!«

»Na und? Ich schaff die Prüfung mit links. Darauf kannst du Gift nehmen. Wenn es darauf ankommt, hat dieser Bäcker nichts zu melden. Du kennst mich doch. Es klappt vielleicht nicht immer alles nach Wunsch. Aber bei der Prüfung? Peng! Volltreffer! Sag mal, willst du hier rumstehen und dir was abfrieren oder kommst du mit ins Warme?«

Sie setzte sich an einen Tisch am Fenster mit Aussicht auf den Parkplatz und die Straße. Als ich an der Theke für uns beide eine Cola bestellte, beobachtete ich sie verstohlen. Vorbeifahren würde er bestimmt nicht, nicht an einem Blickfang wie Lissa.

Die Unterhaltung schleppte sich ziemlich träge hin. Lissa nickte und antwortete Ja und Nein und starrte ansonsten allen Autos nach, die vorbeifuhren.

Ich saß da und überlegte, was ich zu Proffen sagen sollte. Ob ich etwas sagen sollte. Oder ob er etwas sagen würde. »Musste mich ja um Lissa kümmern, nicht? Erfrierungen verhindern. Wenn du nicht . . .« Oder: »Hab gerade versucht deine Braut aufzureißen. Aber sie war unnahbar. So was von Eisberg! Hast du sie hypnotisiert oder was?«

Sie schaute verärgert auf die Uhr.

»Der kommt ja ganz schön spät«, sagte ich und verstummte wieder. Es passiert nämlich, glücklicherweise nicht zu oft, dass mein Hirn vollkommen ausläuft und ich kein einziges Wort rauskriege. So ging es mir jetzt plötzlich. Die Zunge klebte mir am Gaumen und ich suchte fieberhaft nach passenden Gesprächsthemen.

Aber allmählich interessierte mich nur noch ihr Profil, das sich gegen die Dunkelheit abhob. Der Griff um das Glas wie um einen Stafettenstab. Die winterblassen Sommersprossen über dem Jochbein. Und der Duft ihres mystischen Parfüms, der zwischen Zigarettenrauch und Frittensoße leicht zu mir rüberwehte ...

Plötzlich stieg eine Art Übelkeit in mir hoch, mein Magen zog sich schmerzhaft zusammen und ich ahnte, dass sich da etwas ganz Unmögliches anbahnte.

»'tschuldigung«, stieß ich hervor und strebte in Richtung Automaten. »Ich glaube, da versucht irgendein Idiot meinen alten Le-Mans-Rekord zu schlagen, und das möchte ich unbedingt verhindern.«

Das beeindruckte sie nicht besonders und ich machte mich davon, errötend wie ein Vierzehnjähriger.

Eine Viertelstunde später saß ich selbst hinter dem Steuer. Um mich herum drängte sich ein Haufen gaffender Jungs, die vor lauter Spannung ganz vergaßen auf ihrem Kaugummi herumzukauen.

Auf dem Schirm kam mir die Bahn entgegengerast. Ich gab mehr Gas und sauste an den Hindernissen vorbei. Das ging ja wie geschmiert! Oben in der Ecke tickerten die Punkte.

»Hierher!«, rief einer. »Lucky versucht seinen alten Rekord zu brechen! Kommt!«

Da ging ein Stöhnen durch die Versammlung: Im letzten Augenblick gelang es mir, mich zwischen zwei Konkurrenten durchzuzwängen. »Toll, Lucky! Weiter so! Hier rüber! Lucky versucht den Automaten zu knacken!«

Aber schließlich sah und hörte ich sie nicht mehr. Der Schirm wurde immer größer, füllte alles aus, das Grüne wurde richtiges Gras und das Schwarze Asphalt, und die knallblaue Luft raste vorbei. Und bei jeder Kurve wusste ich, dass das Risiko stieg. Trotzdem gab ich mehr und mehr Gas, bis plötzlich alles abstürzte und in eine einzige große Explosion hineinraste. Die Feuersbrunst verbreitete sich nach allen Seiten. Es roch nach Rauch und verbranntem Gummi . . .

Mit einem Mal war der Schirm wieder tot. Das Spiel war aus. Endlich konnte ich wieder Luft holen. Ich nahm die Hände von dem Plastiksteuerrad und lehnte mich zurück. Einen Moment lang war ich so müde, dass ich auf der Stelle hätte einschlafen können.

Und dann hörte ich doch, was sie sagten: »Neuer Rekord, Lucky! Du hast einen neuen Rekord aufgestellt! Du bist unschlagbar!«

Mit wiegenden Hüften kehrte ich zu Lissa zurück. Irgendjemand rief: »Die Fahrschule kannst du dir schenken, Lucky! Du fährst ja wie ein Gott!«

»Ja, klar«, sagte ich. »Ich kann schon alles. Meinst du nicht auch, Lissa?«

Sie hielt das Ganze sicher für kindisches Getue. Trotzdem – ich spürte neues Interesse bei ihr. Das ferne Blau war plötzlich nicht mehr so fern. »Du musst ja unheimlich geübt haben!«

»Nix da«, antwortete ich. »Das ist angeboren. Reflexe wie bei einem Tier.«

»Proffen meint, dass du an weit fortgeschrittener Spielsucht leidest.«

»Ja, das ganze verdammte Leben ist ein Spiel. Und ich will gewinnen!«

Endlich lächelte sie.

»Übrigens«, fuhr ich fort. »Machst du mit beim Lotto? Überhaupt kein Risiko! Mit vierundsechzig Kronen bist du dabei!«

»Du bist wirklich verrückt«, sagte sie.

»Heute vierundsechzig eingezahlt, Samstag eine Million ausbezahlt. Nein, vergiss es! Ich sag das nur, um dir zu imponieren. Eigentlich nur deswegen.«

»Und weshalb, wenn ich fragen darf?«

»Weil mich, ehm, hässliche Weiber unheimlich anmachen.«

Ihr Lächeln wurde noch weißer. »Aha! Von dir hat Per Olaf das also.«

Danach verlor ich alle Hemmungen.

»Kommst du mit zu mir? Muss heute Abend noch Biologie machen. Kapier das nicht richtig, das mit den Blumen und den Bienen . . .«

Ihr Blick wurde wieder neutral und leer.

»Dachte, du könntest mir zur Hand gehen«, sagte ich.

War vielleicht gut, dass mir die Antwort erspart blieb. Genau in dem Augenblick bog nämlich der Volvo auf den Parkplatz ein. Proffen parkte brav und ordentlich wie immer und steckte den Lockenkopf aus dem Fenster.

Unter uns gesagt, Schönheit drückte ihn nicht. Andererseits war er . . . treu. Mir fällt kein anderes Wort ein. Einer, auf den man sich verlassen konnte . . .

Jedenfalls gingen wir in die Kälte hinaus.

Sie ging gleich auf ihn los. »Wo bist du gewesen? Ich hab ewig auf dich gewartet!«

Er zog den Kopf ein. »Beim Sanitätsdienst. Ich hab dir doch gesagt, dass ich da hinmuss. Du wurdest übrigens sehr vermisst, Lucky.«

»Sicher«, sagte ich. »Hätten sie nicht ausnahmsweise auch mal dich als Leiche benutzen können?«

Lissa ließ sich nicht abwimmeln. »Ich hab dich was gefragt!«

»Und ich bin so schnell gekommen, wie ich nur konnte.«

»Besonders schnell ging das sicher nicht. Mit dieser Kiste hier.« Ich klopfte an die Autotür.

»Ist jedenfalls besser als zu Fuß zu gehen!« Auf Proffens Gesicht erschien ein breites Grinsen. »Ich habe nämlich etwas, was ihr beide nicht habt. Den Wisch!«

»Wofür?«, wollte Lissa wissen. »Dafür, dass du an chronischem Gedächtnisschwund leidest?«

Er überhörte es. »Das einzige Mal, dass ich mehr Glück gehabt habe als du, Lucky. Hab dich mit sechs Monaten Vorsprung bei der Geburt geschlagen.«

»Dann beißt du sicher auch als Erster ins Gras«, sagte ich.

»Fährst du uns nach Haus oder willst du hier nur rumsitzen und den starken Mann markieren?«

Wir fuhren. Lissa saß auf dem Beifahrersitz. Ich legte die Ellbogen auf die Nackenstützen und schob den Kopf nach vorn. Ganz lange sagte keiner ein Wort. Proffen schaltete und lenkte, bremste und blinkte und tat sich wichtig. Alles im Schneckentempo. Schließlich fand ich, dass eine Bemerkung fällig war: »Mit der Kiste hier braucht man bestimmt nichts zu machen!«

Lissa kapierte und musste lächeln.

»Was willst du damit sagen?« Der Fahrer schaute mich im Rückspiegel an.

Ich grinste bloß.

Lissa musste es ihm erklären: »Der Fahrlehrer

hat uns um konstruktive Vorschläge zur Verkehrssicherheit gebeten. Und Lucky hat vorgeschlagen, alle Autos zu plombieren, damit sie nicht schneller als fünfzig fahren können.«

»Du willst wohl für den Rest deines Lebens Fußgänger bleiben, wie?«

»Das hab ich auch gesagt«, warf Lissa ein. »Er geht mir furchtbar auf den Geist. Nimmt nie etwas ernst. Muss immer alles kaputtmachen.«

»Kaputtmachen?«, fragte ich. Das gab mir irgendwie einen Stich. »Kaputtmachen?«

»Ja. Kaputtmachen«, wiederholte sie und starrte demonstrativ aus dem Seitenfenster.

»Jaja. Wie auch immer. Ich pack das. Das wisst ihr doch. Weißt du noch, Proffen, diese Winterübung? Du hast dir Arme und Beine gebrochen. Aber ich? Keine einzige Schramme!«

»Dann ist Per Olaf wohl vorausgegangen«, bemerkte Lissa.

»Oder ... oder damals, als wir den Fluss nach dem Lachsfischer absuchten«, sagte Proffen lachend. »Wer ist ins Wasser gefallen? Ich.«

Während dieser Fahrt schwelgten wir ganz schön in Erinnerungen. Lissa wurde allerdings immer saurer. Aber mir tat es gut, zu fühlen, dass Proffen und ich immer noch genauso gute Freunde waren.

Und als ich auf der Soleistraße stand und die Rücklichter unten bei der Kreuzung verschwinden sah, dachte ich, dass es auch so bleiben sollte. Jetzt aber Schluss mit den Faxen! Lissa, die plötzlich so merkwürdige Gefühle in meiner Magengegend verursacht hatte, sollte von nun an für Lucky Bratsberg nicht mehr existieren.

Nach dem Abendessen wollten meine Leute wissen, was ich gelernt hatte. Ich musste einräumen, dass es sich in Grenzen hielt.

»An deiner Haltung kann das wohl nicht liegen?« Meine Mutter warf mir einen schnellen Blick zu.

Ich merkte, dass irgendetwas im Anzug war, und überlegte.

»An meiner Haltung? Hat meine Art zu gehen etwas damit zu tun, wie ...«

»Lass das«, unterbrach sie mich. »Spiel hier nicht den Dummen.«

»Mama hat Recht«, sagte mein Vater. »Du nimmst alles auf die leichte Schulter. Wann hast du zum Beispiel zuletzt ein Buch aufgeschlagen?«

»Heute«, sagte ich. »Ich schlage jeden Tag einen Haufen Bücher auf.«

»Ja und?«

Darauf wusste ich keine Antwort.

»Du solltest aber auch darin lesen«, sagten sie fast wie aus einem Munde.

»Du meine Güte, was seid ihr heute Abend witzig!«

Mein Vater faltete sorgfältig die Zeitung zusammen, legte sie in den Zeitungsständer und schaute mich schließlich an. »Ich glaube, wir warten mit der Fahrschule bis nach dem Abitur.«

Da reichte es mir aber. »Soll ich vielleicht wie ein Idiot herumsausen? Auf einem Fahrrad? Wenn alle anderen Auto fahren? Wollt ihr mich vollkommen zur Sau machen?«

»Werd jetzt nicht frech«, warnte meine Mutter. »Wenn es nach mir ginge, würdest du jedenfalls kein Geld für den Führerschein bekommen, solange du keine annehmbaren Noten nach Hause bringst.«

»Du bist noch nicht reif genug«, hängte der Alte sich an. »Nicht erwachsen genug. Es tut dir nur gut, wenn du noch etwas warten musst. Dann begreifst du vielleicht besser, was der Fahrlehrer meint.«

»Fahrschule! Verkehrsunterricht! Alles Mist! Ja, kapiert ihr das denn nicht? Dass die Leute sich zu Tode fahren? Zack, bum! Direkt vom TÜV auf die Straße und mit Karacho an die erste beste Felswand. Ob jemand überlebt oder abkratzt, hat doch nichts damit zu tun, was er *konnte*! Das alles ist doch nichts weiter als eine beschissene Tombola!« Ich war, glaube ich, aufgestanden und auf dem Weg in mein Zimmer, wie immer, wenn mir die Welt zu kompliziert wurde.

Schließlich machte mein Vater den Mund auf. »Das habe ich ja gesagt. Mit so einer Einstellung hast du im Verkehr nichts zu suchen.«

Ich knallte die Tür hinter mir zu, dass seine sämtlichen Pokale klirrten. »Ist ja auch egal!«, brüllte ich. »Du gibst mir das verdammte Auto ja sowieso nicht!«

3

Wir saßen im Volvo draußen vor dem Tanzlokal. Es war immer noch bitterkalt, obwohl wir inzwischen März hatten, und wenn da drüben unter der Lampe Leute auf die Treppe hinaustraten, stand eine Wolke von Rauch und Dampf um sie herum. Aber bei uns drinnen war es warm und gemütlich. Das Gebläse sauste und Bon Jovi kam gedämpft aus den Lautsprechern. Ich fand jedenfalls, dass wir uns nicht beklagen konnten. Aber Lissa schien unruhig und schlechter Laune zu sein.

»Wozu fährt man dann zum Tanzen«, sagte sie. »Wenn du doch keine Lust dazu hast!«

»Der Junge kann nicht tanzen«, sagte ich.

Proffen wurde rot. Dann sagte er: »Ich bezahl doch nicht fünfzig Mäuse, um mir das Trommelfell herausblasen zu lassen. Nein danke.«

»Außerdem will er das Auto nicht allein lassen. Hat Angst, dass jemand dran rumfummeln könnte.«

»Geht doch ihr beide! Wenn euch so viel daran liegt, in dem schwitzenden Haufen herumzuhopsen.«

Lissa machte die Tür auf und stieg aus. »Okay!«

Ich sah ihr nach und dann auf Proffens schmalen Nacken. Schließlich erklärte ich: »Nein, ich habe auch keine Lust.«

Da ging sie oder vielmehr hüpfte sie über die Eisbuckel und verschwand im Lokal.

Zwischen den beiden Prachtexemplaren im Auto wurde es still.

»Sie kommt sicher bald zurück«, sagte ich. »Wenn sie sich ein bisschen Bewegung verschafft hat.«

»Ich kann ja tanzen. Darum geht es nicht.«

Dann starrte jeder aus seinem Fenster hinaus. »Wir könnten ein Stück fahren«, schlug ich vor. »Wir suchen uns einen Seitenweg und dann lässt du mich ans Steuer.«

»Kommt gar nicht in Frage.«

»Mit dieser Kiste werde ich schon noch fertig!«

»Fällt mir doch nicht ein, einen Hampelmann wie dich ans Steuer zu lassen.«

Ich wurde wütend. »Das ist ja ...! Was ist denn los mit dir? So was von sauer!«

»Was mit mir los ist? Nichts ist mit mir los. Mit dir stimmt irgendwas nicht.«

»Jetzt halt aber die Schnauze«, sagte ich. »Sonst hau ich auch gleich ab.«

Da drehte er sich um und sagte: »Ja.« Nur das eine Wort. »Ja, ja. Mach es wie immer. Hau ab.«

Ich blieb natürlich sitzen. Aber der Abend war im Eimer. Ich hätte am liebsten geheult. Ganz plötzlich hatte ich Tränen in den Augen. Deshalb sagte ich auch nichts.

»Das Rote Kreuz hast du aufgesteckt, oder?«

»Was heißt aufgesteckt ... Man hat ja auch noch einen Haufen anderes Zeug zu tun! Hausaufgaben zum Beispiel! Es dürfte dir ja nicht ganz unbekannt sein, dass wir in zwei Monaten ins Abi müssen.«

Er hörte offenbar nicht richtig zu. »Und du bist nicht der Einzige. Bald müssen wir die ganze Bereitschaft einstellen. Die Leute wollen sich nicht mehr engagieren. Denken nur an sich.«

»Tust du das nicht auch?«

»Wie bitte?«, fragte er verblüfft.

»Ja. Du. Wann warst du denn ansprechbar? Ich frag ja nur!«

»Ich hab dich doch heute angerufen und gefragt, ob du mitwolltest.«

»Herzlichen Dank«, gab ich zurück. »Allerherzlichsten Dank. Was verlangst du dafür? Soll ich die Fußmatten abschlecken?«

Da verstummte er. Und wenn Proffen sich erst mal entschlossen hat das Maul zu halten, bringt man ihn nicht mehr zum Sprechen, und wenn man ihn auf einem Scheiterhaufen verbrennen würde.

»Reg dich ab«, sagte ich schließlich. »Hab's nicht so gemeint. Bin bloß neidisch ... weil du den Führerschein hast und ... alles.«

Er kratzte weiterhin verbissen am Lenkrad herum. Da stieg ich auch aus.

Solche Typen wie ich haben überall Bekannte. Und meine Bekannten haben immer ein, zwei Flaschen Bier für mich übrig. Ich hatte deshalb die ganze Sache vergessen, war vielmehr froh und happy, als ich ins Gedränge stürzte und mich zur Tanzfläche vorarbeitete.

Proffen hatte Recht. Der Geräuschpegel war für empfindliche Ohren eine Idee zu hoch. Aber man hat nicht mehr Spaß, als man sich macht, und so schnappte ich mir ein Mädchen und legte los.

Wir standen da und verrenkten uns die Knochen, schmissen mit Armen und Beinen und versuchten ansonsten ein intelligentes Gesicht zu machen. »Schöner Abend!«, brüllte ich. »Aber der Frühling lässt dieses Jahr lange auf sich warten.«

Sie nickte etwas unbestimmt.

»Hast du Lust auf eine Spritztour?«

Aber sie hörte mich nicht.

Endlich kam ein ruhiger Tanz. Ich zog sie an mich. Sie wehrte sich nicht. So drehten wir uns eine Weile. Die ganze Zeit spürte ich ihren Venushügel an meinem Schenkel. Es lief mir kalt den Rücken runter, obwohl mir das Hemd schweißnass am Körper klebte. »Wir wollen rüber nach Kopstad«, sagte ich. »Nur eine kleine Spritztour. Kommst du mit?«

»Ja«, sagte sie. Sie gefiel mir sofort noch besser. Keine großen Worte. Bloß . . . ja.

Auf dem Weg nach draußen sah ich Lissa. Sie lachte einen der bekannten Sportstypen herzlich an. Er war offenbar zum Skifahren in den Alpen gewesen und britzebraun. Einen Augenblick zögerte ich. Dann ließ ich die Puppe los und ging zu ihnen. Übersah den Angeber total, fasste sie leicht am Ellbogen und sagte: »Wir machen jetzt eine Spritztour. Du kommst doch sicher mit?«

Proffen strahlte wie ein mittleres Blitzlicht, als ich mit Lissa auftauchte. Ich schob sie auf den Beifahrersitz und rutschte mit meiner Puppe in das warme Dunkel des Rücksitzes. »Musik«, sagte ich. »Musik, wenn ich bitten darf.«

»Und jetzt?«, fragte Proffen und schaute Lissa an.

»Kopstad«, sagte ich. »Über die Hügel und raus in die Wildnis.«

Er ließ sich nicht lange bitten.

Kurz darauf fuhren wir durch eine gottverlassene Gegend. Hier und da ein vereinzeltes Außenlicht an menschenleeren Bauernhöfen und ab und zu ein entgegenkommendes Auto. Da wurde dann von beiden Seiten gehupt, geschrien und mit Flaschen gewinkt.

Aber eigentlich hatte ich anderes im Kopf. Das Ja-Mädchen schmiegte sich in meinen Arm und ich küsste sie. Das schmeckte zuerst nach schalem Bier, dann nach Mund und dann nach Wärme.

Aus dem Augenwinkel sah ich, dass Proffen den Arm ausstreckte und versuchte Lissa zu sich rüberzuziehen. Widerwillig gab sie nach. Ich schloss die Augen und fing an zu knutschen.

Zum Schluss musste ich aber wieder hoch, um Luft zu holen. Lissa lehnte den Kopf an die Schulter von dem da vorne. »Musst du denn wie ein altes Weib fahren?«, fragte ich.

Er antwortete nicht, sondern fuhr noch langsamer.

Ich musste der Kleinen erklären, worüber wir redeten: »Proffen gehört zu den altmodischen Typen. Wenn er einen Hut hättc, würde er den beim Fahren aufsetzen.«

»So?«, sagte Proffen und schaltete in den dritten Gang.

»Nur zur Information«, sagte ich. »Das Gaspedal, das ist das Ding ganz rechts . . .«

»Hör auf damit«, sagte Lissa und richtete sich auf.

»So?«, sagte Proffen und gab Gas. Der Wagen schoss davon wie eine Kugel.

»Alles festhalten!«, rief ich. »Proffen hat es endlich gefunden. Hier geht es um Leben und Tod!« Dann versuchte ich der Kleinen tief in die Augen zu sehen. »Du brauchst es nur zu sagen, wenn wir die Mund-zu-Mund-Methode anwenden sollen.«

Der Wagen fuhr schneller. Steinharte Schneewälle tauchten sekundenlang im Scheinwerferlicht auf und verschwanden wieder. Einen Augenblick hatte ich das Gefühl, wir führen ins Dunkle hinein, und suchte mir was zum Festhalten.

»Jetzt reicht es«, sagte Lissa.

»Hörst du?«, sagte ich. »Das Mädchen hat Muffensausen. Fahr langsamer und halt dich rechts!«

»So?«

»Achtzig auf diesen Straßen ist mehr als genug!«, sagte Lissa.

»Achtzig?«, schrie ich. »Hundertachtzig!«

»Zweihundertachtzig!«, rief Proffen und legte den vierten Gang ein. Die Tachonadel überschritt die Neunzig, dann die Fünfundneunzig und näherte sich Hundert.

»Dreihundertachtzig!«

»Mindestens!« Proffen lachte.

Lissa hatte Angst. Sie saß stocksteif da, stemmte die Beine auf den Boden und klammerte sich am Sitz und am Türgriff fest. »Hör auf. Bitte!«

»Immer mit der Ruhe. Ich hab alles unter Kontrolle!« Proffen schleuderte durch die nächste Kurve, um es ihr zu beweisen. »Ich kenne diese Straße. In- und auswendig. Als ich einmal allein war, bin ich diese Strecke in zweiundzwanzig Minuten und vierzig Sekunden gefahren.«

»Jetzt lügst du aber«, sagte ich. »Du! Bring mich nicht zum Lachen!«

»Ihr seid wahnsinnig! Halt! Ich will aussteigen!« Lissa wurde wütend.

»Das stimmt aber!« Ich sah Proffens weit aufgerissene Augen im Spiegel.

»Bin wie ein junger Gott gefahren! Nur so

durch die Kurven geflogen! Ging wie geschmiert!«

»Das glaub ich dir einfach nicht«, sagte ich, merkte aber gleich, dass mir die Schnoddrigkeit vergangen war. So hatte ich Proffen noch nie erlebt. Die Bravheit in Person düste jetzt mit einhundertzwanzig Sachen über schmale, kurvige Straßen. Ein einziges kleines Auto aus der anderen Richtung und wir wären für immer aus der Geschichte gestrichen.

Ich wollte etwas sagen. Aber da schob die Puppe den Kopf an mir vorbei und wollte hinausschauen.

»Mensch, das ist ja irre!«

Sie konnte tatsächlich doch noch mehr Wörter!

Auf der Kopstadhöhe führt die Straße ein langes Stück geradeaus, ehe es wieder durch einen nachtschwarzen Tannenwald bergab geht. Rechts rasten die Felswände an uns vorbei, während sich links die Leitplanke wie ein graues Band hinzog.

Das Auto machte einen Satz. Ich wusste sofort, woher das kam: Von der Felswand hingen Eiszapfen und erstarrte Bäche. Und die Straße war mit Eisbuckeln übersät.

»Du fährst ja wie ein ...« Ich wollte sagen ›Profi‹, kam aber nicht mehr dazu. Denn im gleichen Augenblick rutschte der hintere Teil des Wagens weg. Wir auf dem Rücksitz wurden umgeworfen. Flüchtig sah ich, dass Proffen wie ein Verrückter am Lenkrad drehte. Lissa schrie auf. Die Spikesreifen knirschten über Schlacken und Eis.

Wir rutschten seitwärts, rückwärts, vorwärts, es war wie beim Karussellfahren, bis wir endlich mit vier blockierten Rädern und einem paralysierten Fahrer am Steuer in die richtige Richtung weitersausten.

Zum Schluss krachte es. Nicht übermäßig, gerade stark genug, dass der Wagen hielt und wir endlich erlöst waren.

»Scheiße, was war das denn?«, sagte ich, nur um etwas zu sagen. Meine Stimme klang unsicher.

Proffen gab keine Antwort. Er tastete nach dem Türgriff, kriegte die Tür endlich auf und taumelte hinaus. Er zitterte am ganzen Körper und musste sich festhalten. Schließlich stieg ich auch aus.

Die kühle Stille der Nacht machte den Kopf wieder klar.

»Das . . . das . . . das war ja kurz davor«, stotterte ich.

»Der Wagen«, stöhnte er. »Mein Vater bringt mich um. Guck mal. Der ganze Kotflügel ist eingedrückt.«

»Glück im Unglück«, sagte ich. »Freu dich, dass ich mit war. Sonst würdest du jetzt unten im Geröll liegen.«

»Wenn du nicht mit gewesen wärst, wären wir jetzt überhaupt nicht hier!« Lissa knallte die Tür mit solcher Wucht zu, dass die letzten Glassplitter aus dem Scheinwerfer fielen.

»Willst du nun noch mehr kaputtmachen?« Proffens Stimme war plötzlich voll unterdrückter Wut.

»Ich? Ich soll was kaputtmachen?«

»Du schreist ja, dass einem angst und bange wird!«

»Ach so«, sagte sie. »Ach, so ist das. Ich soll also Schuld haben.«

»Schuld hat ja wohl niemand«, sagte ich. »Jetzt beulen wir den Kotflügel aus und fahren weiter. Ehe du noch ganz durchdrehst. Setz dich rein, Lissa, und warte, dann werden wir . . .«

»Ich hätte das viel besser gepackt, wenn nicht alle ihren Senf dazugegeben hätten, wie ich fahren soll«, sagte Proffen. »Aber das ist ja ein Ding der Unmöglichkeit, wenn der da hinten Scheiße von sich gibt und du hier vorne Nebelhorn spielst!«

»Besten Dank für eure Gesellschaft«, sagte sie, drehte sich auf dem Absatz um und ging los.

Proffen wusste nicht recht, was er machen sollte. Seine Wut verrauchte offenbar sehr schnell. »Lissa!«, rief er. »Bitte, Lissa, komm zurück!«

»Ich gehe.« Sie war schon ein ganzes Stück weg. »Ich gehe lieber, solange ich noch Beine zum Gehen habe und verschwinden kann.«

Wir blieben stehen. Eine Weile sagte keiner von uns ein Wort. Die Quasselstrippe kam aus dem Auto gekrochen und schmiegte sich in meinen Arm.

Plötzlich war mir alles zuwider. Um uns herum rauschte einsam der düstere, dichte Tannenwald, der Sternenhimmel drückte auf uns herab und mit einem Mal sehnte ich mich nach der Sofaecke und dem Samstagsprogramm im Fernsehen.

»Das werden meine Spargroschen auch tun«, sagte Proffen. Er fuhr mit dem Finger unter der Nase entlang und packte den kaputten Kotflügel.

»Verschwinden«, erklärte er, als er unsere offenen Münder sah.

4

Die Sache kam natürlich zu Hause zur Sprache.

Ich selbst hatte nichts gesagt und dachte, dass Proffen in seinen Erklärungen möglichst unbestimmt gewesen war.

Aber meine Mutter war von Frau Hansen informiert worden und die hatte wieder von Frau Svensen gehört, die den Vorarbeiter der Werkstatt kannte, dass der Schaden an Jörgensens Auto auf zwölftausendvierhundert Kronen geschätzt worden war.

Ich weigerte mich das zu glauben. »Ein kaputter Scheinwerfer und ein paar kleine Dellen«, sagte ich. »Kann nicht stimmen. Die Leute haben keine Ahnung.«

»Aber ich«, sagte der Alte. »Und das Schlimmste ist, dass er kurz vor Weihnachten die Vollkasko-Versicherung gekündigt hat.«

»Idiotisch«, sagte ich. »Alle sollten Vollkasko haben. Früher oder später kracht es und dann sitzen sie da, gucken dumm aus der Wäsche und sind pleite.«

»Wer ›sie‹?«, wollte meine Mutter wissen.

»Sie«, sagte ich.

»Die Eltern«, kam es im Chor. »Die sitzen mit einem leeren Bankkonto da.«

Da warf ich den beiden einen richtig schlauen Blick zu. »Das würde bei uns keine Rolle mehr spielen«, sagte ich. »Denn das hat Vater ja schon geplündert.«

»Die Tatsachen kannst du schließlich nicht leugnen. Ihr seid Auto gefahren. Um die Wette, nehme ich an.«

»O nein!«, widersprach ich. »Das überlassen wir den so genannten reifen Männern im Motor-Club.«

Mein Vater wirkte jetzt leicht genervt. Auf dem Mondgesicht brach der Schweiß aus. »Du warst dabei. Ihr habt den Wagen beschädigt. Ein Schulbeispiel! Jugend, Unerfahrenheit, Trunkenheit, Mädchen, kurz ...«

»Habt ihr noch mehr auf Lager?« Ich griff nach meinem Rucksack. »Ich habe leider eine Menge Hausaufgaben und ...«

»Die Fahrschule kannst du vorläufig vergessen«, kam es da von der mit der Schürze, »und mit dem Geld solltest du dich lieber an den Kosten für die Reparatur beteiligen.«

Im Wohnzimmer wurde es ziemlich still. Mein Vater und ich starrten sie an.

»Das war kein Witz«, sagte sie. »Nur dadurch kann man dich zwingen den Ernst der Sache zu sehen.«

»Jetzt gehst du aber ein bisschen zu weit«, bemerkte der Alte.

»Finde ich auch«, sagte ich. »Was Proffens Vater für eine Versicherung abgeschlossen hat, ist schließlich seine Angelegenheit.«

»Es sei denn, du bist nicht ganz unschuldig an der Sache«, sagte der Alte und sah mich lange an.

»Ich?«, sagte ich. »Ich hab doch auf dem Rücksitz gesessen.«

Aber hinterher, als ich zum x-ten Male versuchte die Matheaufgaben hinzukriegen, war mir leicht übel. Klar hatte ich hinten gesessen. Aufgehetzt hatte ich ihn auch nicht. Jedenfalls nicht sehr. Nur ein bisschen. Ein geübter Fahrer hätte das gedeichselt. Aber ich konnte Proffens Gesicht im Rückspiegel nicht vergessen. Der Junge war einfach nicht er selbst gewesen. Ich hätte natürlich was sagen müssen. »Nimm's Gas weg, Proffen.« Oder ... »So'n Quatsch machen wir doch nicht!« Aber so weit war ich nicht mehr gekommen.

Die nächsten Tage zeichneten sich nicht gerade durch gute Kommunikationsverhältnisse aus, um es mal so auszudrücken. Die Klasse summte um uns herum, aber ich saß im Packeis zwischen den beiden fest. Auf der einen Seite hatte ich also Proffen, der nicht in meine Richtung schaute, sondern seine ganze Aufmerksamkeit dem Lehrer widmete und alles, aber auch alles in sich hineinsaugte, was von dort kam. Und vor mir Lissa mit einem Nacken, der so steif war, dass sie damit Rekorde hätte brechen können. Ab und zu stieß ich sie leicht an, um ihr gewissermaßen zu verstehen zu geben, dass es auch Leute gab, die nicht nachtragend waren. Und dem anderen schob ich einen Zettel hin mit witzigen Kommentaren über das, was an der Tafel vorging, oder das, was an dem besagten Abend passiert war, oder über die Situation im Allgemeinen. Aber es war verlorene Liebesmüh. Ging total daneben.

Am Mittwoch nach der Schule konnte ich ihn endlich packen. Er war mit seinem alten Fahrrad beschäftigt. Der Hinterreifen war platt. Er murmelte irgendwas davon, dass sicher ich ihm die Luft rausgelassen hätte, und pumpte wie ein Verrückter.

»Nun hör aber auf«, sagte ich. »So ein kindischer Käse! Bei dem ist die Luft raus. Wie bei so vielen anderen, die ich kenne.«

Darauf sagte er gar nichts. Sah mich nicht an. Machte nur verbissen weiter.

»Die Typen in der Versicherung spinnen wohl. Die können doch nicht mit solchen Berechnungen kommen.«

Nach einer Weile schaute er kurz hoch, steckte die Pumpe in den Rucksack und machte das Schloss auf. »Das kann dir doch ganz egal sein! Du brauchst die Rechnung ja nicht zu bezahlen.«

Ich überlegte einen Augenblick. Dann sagte ich: »Ich beteilige mich natürlich. Ist doch klar!«

Das haute ihn um. »Nun mach mal 'nen Punkt, Lucky.«

»Ich meine es ernst«, antwortete ich.

Eine Weile ließ er sich den Gedanken durch

den Kopf gehen. Dann aber siegte der Anstand in ihm. »Nein«, sagte er. »Das geht doch nicht. Es war meine Schuld.«

»Nun lass mich doch.«

»Ich habe Nein gesagt!« Und damit verschwand er.

Ich blieb stehen und dachte darüber nach, dass ich ein Risiko eingegangen war und wieder mal gewonnen hatte. Aber der Sieg schmeckte nicht richtig.

Dann kam Lissa. Sie blieb stehen und schaute mich an. Zum ersten Mal seit Jahrzehnten. »Ach, du bist das?«

»Ja«, sagte ich. Ich hätte viel mehr sagen sollen, aber ich war plötzlich stummer als die berühmte Auster.

»Ist Per Olaf gegangen?«

»Nein«, antwortete ich.

Sie setzte sich sofort in Bewegung.

»Er ist mit dem Fahrrad gefahren.«

Wir blieben stehen. Keiner von uns sagte etwas. Die anderen fuhren vorbei. Autos starteten und jagten mit abgefahrenen, aufkreischenden Reifen davon.

»Du darfst nicht sauer auf ihn sein«, sagte ich. »Das verdient er nicht.«

»Ich bin nicht sauer«, sagte sie in die Luft hinein. »Es ist nur so, dass . . . Ich hab furchtbare Angst bekommen. Und dann will er mir auch noch die Schuld geben!«

»*Er* hat doch genauso gezittert! Konnte sich ja kaum aufrecht halten!«

»Deswegen braucht er es doch nicht an anderen auszulassen.«

»Dasselbe sagt er von dir«, sagte ich. Log ich. »Er hat schon genug am Hals, da darfst du ihn nicht auch noch fallen lassen.«

Darüber dachte sie lange nach. Schließlich nickte sie. Dann sagte sie: »Ist ja ekelhaft, wie engelhaft du geworden bist.«

»Ich bin gerade dabei, ein anderer Mensch zu werden«, erklärte ich.

Wieder sah sie mich mit ihrem speziellen Blick an. Ihr Lächeln war unergründlich. Dann ging sie los.

Ich ging natürlich mit, musste ja schließlich in dieselbe Richtung. Aber ein Vergnügen wurde es nicht. Eher das Gegenteil. Ich hatte mal wieder einen totalen Blackout. Brachte tatsächlich keinen einzigen vernünftigen Satz zu Stande!

»Hast du von dem gehört, der die Kontrolle über sein Auto verlor?«

Das hatte sie nicht.

»Er kam mit der Ratenzahlung nicht nach!«

Endlich waren wir an der Ecke, wo jeder in seine Richtung musste. Ich wischte mir verstohlen den Schweiß von der Stirn.

»Du hast dich nicht zum Guten verändert«, bemerkte sie plötzlich.

Das traf! »Was meinst du damit?«

»Dass ich dich vorher besser leiden konnte.« Und damit war sie weg.

Ich blieb allein in der Märzsonne stehen und dachte, dass ich aus Mädchen nie schlau werden würde.

5

Schließlich wurden wir uns einig, mein Vater und ich. Ich brauchte das Geld zwar dringend, für den Führerschein und noch so verschiedene Sachen, aber es war wohl das Beste, wenn ich mich an den Kosten beteiligte.

Nachdem wir also Proffens alte Herrschaften davon überzeugt hatten, dass der Wagen so gut wie neu werden würde, schleppten wir den Volvo in unsere Garage. Mein Alter entstaubte den alten Schlüsselset, den er noch aus seiner Glanzzeit besaß, und zog den Overall mit all den Reklamezeichen an. Dass er ihn über dem Bauch nicht zukriegte, war ein kleineres Problem, jedenfalls für uns andere. Damit machten wir uns, oder besser gesagt, machte er sich an die Arbeit.

Proffen ließ Bücher Bücher sein. Wir saßen jeder auf einer Kiste und schauten zu. Bratsberg lag gekrümmt unter dem Kotflügel und schraubte und fummelte. Und nach jedem Stöhner leierte er einen Haufen Regeln über richtiges Verkehrsverhalten im Gebirge runter. Die stimmten nicht immer mit dem offiziell geltenden Straßenverkehrsrecht überein, zielten aber die ganze Zeit auf Vorsicht, Voraussicht und Einschätzung dessen ab, was – im schlimmsten Fall – passieren kann. Immer im schlimmsten Fall.

»Wäre es da nicht am sichersten, sich gar nicht erst vom Sofa wegzubewegen?«, warf ich ein.

Er rutschte unter dem Wagen hervor und sah mich an. Er hatte bereits eine blutige Schramme an der Hand und er hatte es geschafft, sich in unwahrscheinlich kurzer Zeit unwahrscheinlich einzusauen. Aber er war unerschütterlich. Nicht die kleinste Spur von Verärgerung. »Um ganz ehrlich zu sein, wäre das vielleicht nicht das Dümmste, was du tun könntest. Zu Per Olaf habe ich dagegen ein gewisses Vertrauen.«

Proffen und ich warfen uns einen Blick aus dem Augenwinkel zu.

»Er hat nämlich entschieden mehr Grips als gewisse andere hier.«

Ich musste einfach so tun, als ob mir das nichts ausmachte. Proffen war eine Spur schlauer als ich, das konnte niemand bestreiten. Aber so etwas von dem eigenen Vater zu hören, war weniger schön. Daher sagte ich nach einer Weile: »Albert Einstein ist überhaupt nicht Auto gefahren.«

»Und was willst du damit sagen?«

»Dass es viele Arten von Intelligenz gibt«, antwortete ich. Der Alte klappte den Mund zu und robbte wieder unter die Vorderachse. Dann wurde nicht mehr geredet. Proffen rutschte verlegen hin und her und ich wusste allmählich nicht mehr, wo ich hinschauen sollte. »Manche Leute haben ein natürliches Talent zum Überleben«, sagte ich. »Auf die Füße zu fallen. Wie passt denn das in dein Weltbild?«

»Dummes Zeug«, sagte er unter dem Auto.

»Es ist eine Tatsache«, sagte ich, »dass manche überleben und manche nicht.«

»Herr im Himmel! Was für eine Argumentation!«

»Ja, aber du bist doch selbst der beste Beweis!«

»Weißt du auch, weshalb?« Nun regte er sich doch tatsächlich auf. »Weil ich immer um die nächste Kurve gedacht habe! Weil ich in Gedanken immer einen Schritt voraus gewesen bin! Hab immer im Hinterkopf gehabt, was passieren kann! Im schlimmsten Fall!«

Ich grinste Proffen an. »Du hättest auf unserer Ferientour mit dabei sein sollen. Ein vierzehntägiger Trip im Grenzland.«

»Wann war denn das?«, fragte er. Idiot.

»Tag und Nacht ein ständiger Balanceakt zwischen inneren und äußeren Katastrophen.«

»Mit dir auf dem Rücksitz würden stärkere Seelen als ich einen Weinkrampf kriegen«, gab der Mechaniker zurück.

Da endlich lachte Proffen auch. »Davon kann ich ein Lied singen«, sagte er. »Das hab ich kapiert.«

Ich stand auf und ging raus. Jedes Geflachse hatte seine Grenzen.

Die Luft war milde. Irgendwo in der Nähe gluckerte es freundlich in der Regenrinne. Hinter mir fingen sie an sich zu unterhalten. Proffen lachte.

Die beiden Seelenverwandten haben bestimmt viel miteinander zu besprechen, dachte ich und bummelte zum Zentrum runter. Ich wollte die Idylle weiß Gott nicht stören.

In der Burgerbar waren weniger Leute als sonst. Meine Klassenkameraden saßen wohl zu Hause über den Büchern und Lissa war hier nicht gerade Stammgast. Ich spielte ein bisschen, genehmigte mir einen Milchshake, weil so schönes Wetter war, und ließ mich von kleinen Jungen anquatschen. Aber das Ganze war zu tot. Wie immer hatte ich das Gefühl, am falschen Ort zu sein, dass die Action ganz woanders stattfand, kurz, das Gefühl, außen vor zu sein, und so ging ich bald wieder.

Proffen war zu Kaffee und frisch gebackenem Hefekuchen reingebeten worden. Das dreiblättrige Kleeblatt saß gemütlich im Wohnzimmer und brach die Unterhaltung ab, als ich auftauchte.

Schließlich sagte meine Mutter: »Komm, setz dich, mein Junge. Wir sprechen gerade von dir.«

»Da hätte ich wohl besser noch nicht kommen sollen«, sagte ich, setzte mich aber trotzdem hin, ans andere Ende des Sofas.

Proffen fummelte mit der Serviette rum. Er sah aus wie ein zu groß geratenes Geburtstagskind. Fehlten nur noch die Fliege und die rote Brause.

»Per Olaf könnte dir gut in Mathe helfen«,

sagte die Gastgeberin. »Ich hab ihn darauf angesprochen und ...«

»Besten Dank«, sagte ich.

Proffen strahlte. »Brauchst es nur zu sagen.«

»Darauf kannst du Gift nehmen«, sagte ich. »Aber vorläufig schaffe ich es sehr gut allein, danke.«

Ich weiß nicht, woher das Gefühl kam. Aber in diesem Augenblick hasste und verachtete ich ihn aus tiefstem Herzen. Etwas Böses wuchs und wuchs in mir, bis ich spürte, dass meine Stimme von unterdrückter Wut ganz rau war. »Im Augenblick will ich es lieber allein schaffen.«

Aber meine Mutter quasselte weiter. Hatte natürlich nichts gemerkt. »Wo du nun schon so einen guten Freund hast, solltest du das Angebot wirklich annehmen.«

Mein Vater nickte bedeutungsvoll. »Dafür kannst du dann das Kittmesser schleifen. Wir haben eine schwierige Aufgabe vor uns. Herr Jörgensen akzeptiert nur ein professionelles Resultat. Das erfordert Zeit und Geduld.«

»Du meinst also, dass ich *das* schaffe? Das Kittmesser zu schleifen? Herzlichen Dank für das Vertrauen.«

Proffen blieb nicht lange. Ein paar Minuten später murmelte er etwas davon, dass er anrufen würde, sobald die Teile gekommen wären, und zog sich still und leise zurück, wie man zu sagen pflegt.

Ich dagegen wurde von der, die in der Küche das Sagen hat, dorthin geschleppt und bekam eine Standpauke, die ich so schnell nicht vergessen werde. Sie fuhr das ganze Geschütz auf und donnerte los. Ich war nicht nur eine schlappe Null, sondern auch frech, faul und ungerecht, und der arme Per Olaf, der so einen Freund hatte, und überhaupt . . .

Dem hatte ich nicht viel entgegenzuhalten. Erstens hatte ich nicht den Mumm, mich gerade jetzt mit ihr anzulegen. Und zweitens, und das war noch um einiges schlimmer: Die Frau hatte in neun von zehn Punkten Recht.

In jener Nacht schlief ich schlecht. Nachdem ich ein paar Mal aufgestanden war, warme Milch getrunken und einige Bananen gegessen hatte, auf dem Klo gewesen war und mir das Nachtprogramm angehört hatte, versank ich in eine Art Bewusstlosigkeit. Willig oder sagen wir lieber willenlos machte ich jede Verrücktheit mit. Ich wurde zu Schauplätzen mitgeschleppt, von denen einer schlimmer war als der andere. Einen Moment lang war ich auf einer Katastrophenübung mit Bränden, Leichen und Verletzten und im nächsten saß ich neben meinem Vater, der Auto fuhr und gleichzeitig Moralpredigten hielt. Der Schweiß rann ihm in Strömen über das Gesicht und ich klammerte mich am Sitz fest. Und dann traf ich auch noch Lissa. Sie zog mich in ein Zimmer, legte sich über mich und befühlte meine edleren Teile. Dagegen hatte ich ja nichts, bis ich plötzlich Proffen am Fenster entdeckte. Er schwenkte den größten Schraubenschlüssel der Welt und ich zweifelte keinen Augenblick daran, dass er damit auf mich losgehen wollte. Dann sprang ich nackend in schneebedeckten Landschaften herum, die Schneewälle tanzten, und ich war wieder im Auto und Proffen riss verzweifelt das Steuer herum und schrie um Hilfe. Als wir in die Tiefe sausten, wachte ich mit einem Ruck auf.

Meine Mutter stand im Zimmer. In der Hinsicht war sie in Ordnung. Tauchte immer im rechten Augenblick auf. »Du hast einen Alptraum gehabt«, sagte sie.

»Ach ja?«, sagte ich. »Das habe ich gar nicht bemerkt.«

Sie schlug vor, mir noch ein Glas mit warmer Milch zu holen oder mir eine halbe von ihren Tabletten zu geben, das Fenster aufzumachen, das Laken zu wechseln . . .

Aber ich winkte ab.

»Erzähl es mir doch«, sagte sie. »Das hilft. Was hast du geträumt?«

»Ein elendes Sammelsurium«, antwortete ich. »Nicht der Rede wert.«

Aber als sie gehen wollte, brachte ich doch was raus. »Warum hat Vater solche Angst, wenn er Auto fährt?«

Sie blieb stehen, drehte sich aber nicht um. »Hat er das?«

»Etwa nicht?«

»Nicht mehr als viele andere auch ...«

»Schon gut. Wenn du nicht antworten willst, dann lässt du es eben bleiben.«

Da schaute sie sich doch zu mir um. »Das musst du ihn schon selbst fragen. Direkt.« Dann machte sie die Tür leise hinter sich zu.

In der darauf folgenden Stille versuchte ich mich genau darauf zu konzentrieren: dass da irgendwas war, worüber ich mit meinem Vater hätte sprechen sollen. Aber der Alptraum saß mir noch in den Knochen. Es kribbelte und krabbelte im Körper, die Schreckensbilder flogen vorbei und im Zimmer roch es förmlich nach verbranntem Gummi.

Dann gelang es mir trotzdem, mich auf die Szene mit Lissa zu konzentrieren. Und mit ihr vor meinem inneren Auge zog ich mein ganz spezielles Entspannungsprogramm durch.

Hinterher schlief ich wie ein Stein. Nervenprobleme? Dieser Junge? Woher denn!

Ich stand draußen vor der Fahrschule und wartete darauf, dass ich an die Reihe kam. Es war wieder Winter geworden. Schwere, nasse Flocken fielen auf die Stadt herunter. Einige Autofahrer hatten schon auf Sommerreifen übergewechselt und sorgten jetzt für ein Chaos auf der Kreuzung. Ich kriegte nasse Haare und kalte Füße und hinten am Zäpfchen kitzelte eine kommende Frühjahrserkältung.

Meine erste Fahrstunde mit dem Bäcker. Ich freute mich nicht darauf.

Da kam das Auto. Es kroch im Fahrschultempo über das Kopfsteinpflaster, hielt an und parkte ein, dass es eine Freude war. Dann wurde die Handbremse angezogen, das Licht ausgemacht und der Motor abgestellt.

Lissa sprang heraus, nickte mit einem strahlenden Lächeln ins Auto hinein – dann sah sie mich. Langsam kam sie näher. »Was ist denn mit dir los? Ist dir eine Laus über die Leber gelaufen oder waren die Lottoscheine ausverkauft?«

Ich quälte mir ein Lachen ab. »Hab heute Nacht so schlecht geschlafen«, antwortete ich. »Alptraum gehabt.«

»Ach ja? Weswegen?«

»Deinetwegen«, sagte ich. Was ja auch stimmte.

Sie trug es mit Fassung. »Was sagst du übrigens zu meinem Einparken?«

»Glanzleistung«, sagte ich. »Wenn wir mal von dem einem Meter Abstand zum Bürgersteig absehen.«

»Aha«, sagte sie. »So ist das also. Du willst unbedingt meckern. Bitte schön, ich will dich nicht daran hindern.« Aber sie ging nicht.

Mir blieb die Spucke weg.

Aus dem Auto bellte es. Der Bäcker hatte es eilig.

»Muss wohl los«, sagte ich. »Wiedersehen im Leichenschauhaus!«

Aber auch das brachte sie nicht zum Lächeln.

Der Fahrlehrer drückte die Zigarette aus und kurbelte das Fenster herunter. »Dann wären also wir beide dran, Bratsberg. Na?«

»Ich dachte, in solchen Autos sei Rauchverbot«, sagte ich und hüstelte mir was ab, um zu demonstrieren, dass ich Halsschmerzen hatte.

Der Bäcker schaute mich einen Moment lang an. Ich bildete mir ein, dass er einen Seufzer ausstieß und sich zusammenriss. Er richtete sich im Sitz auf. Vielleicht sehnte er sich schon nach seinen Brezeln zurück.

»Wollen Sie starten?«, sagte er schließlich. »Der Zündschlüssel sitzt . . .«

»Ja«, unterbrach ich ihn. »Ich bin doch nicht blind.«

»Nein, dann hätten Sie hier auch nichts zu suchen.«

Aha. Der Typ schlug zurück. »Ich hab mal einen Blinden gekannt, der den Führerschein machen wollte«, sagte ich. »Mit dem Fahren gab's keine Schwierigkeiten, aber in der Theorie fiel er durch, weil der TÜV-Mensch die Blindenschrift nicht lesen konnte.«

Null Reaktion. »Ist die Handbremse gezogen? So, jetzt treten Sie die Kupplung, das Pedal ist links, ja, legen den Leerlauf ein . . .«

Das hatte ich schon getan. Der Wagen startete mit einem Aufheulen und ich trat mehrmals aufs Gaspedal, um den Motor nicht abzuwürgen.

»Danke. Das reicht. Das reicht, sage ich! Also, Licht anmachen, Kupplung halten, ersten Gang einlegen, vorsichtig Gas geben, die Handbremse lösen ...«

Ich fuhr auf die Straße hinaus. Fehlerfrei. No problem.

»Sie haben zwar nicht gebli...«

»Hab schon mal in einem Auto gesessen.«

Der Fahrlehrer stieß einen Seufzer aus. Diesmal einen erheblich tieferen. »Das habe ich befürchtet. Wie gesagt, nicht geblinkt und nicht einmal in den Spiegel geschaut ...«

Ich fand, dass die Drehzahl allmählich zu hoch wurde, und legte den zweiten Gang ein. Ging wie geschmiert.

»Hab ich etwas vom zweiten Gang gesagt?« Jetzt war der Bäcker offensichtlich gestresst.

»Aber«, sagte ich. »Schauen Sie doch mal nach hinten. All die Autos! Da kann ich doch nicht fahren wie eine Schnecke!«

»Sie tun, was ich sage. Nicht mehr und nicht weniger.«

»Hinter uns bildet sich schon eine Schlange.«

Da hatte er genug. »Fahren Sie dort ran.« Die Armbewegung war überdeutlich. »Dorthin! An den Bushalteplatz! Halten Sie an! Halten Sie an, sage ich! Blinken ...«

Aber ich war schon an die Seite gefahren. Leider machte ich irgendeinen Fehler. Das Auto hüpfte ein paar Mal und der Motor erstarb.

Dann standen wir also still. Ich schaute ihn verstohlen an. Er pulte in der Nase und holte einen alten Popel raus.

»Hier können wir ja wohl nicht parken«, sagte ich. »Der Bus kommt bald und . . .«

»Wir bleiben hier nicht lange stehen.«

Na ja. Ich wartete.

»Sagen Sie mal«, fing er endlich wieder an, »haben Sie eigentlich keine Lust, Auto fahren zu lernen?«

»O doch«, antwortete ich. »Aus diesem Grund bin ich schließlich hier.«

»Dann passen Sie auf. Halten Sie den Mund. Und tun Sie, was Ihnen gesagt wird.«

»Jawohl, jawohl!«, murmelte ich.

»Wie bitte?!«

»Das ist wohl so richtig nach Ihrem Geschmack. Wenn wir vor Ihnen herumkriechen und selber überhaupt nicht denken.«

Er wurde unruhig, rutschte auf dem Sitz hin und her, griff nach seinen Zigaretten, legte sie dann aber wieder weg.

»Ein riesiger Bluff, das alles«, sagte ich.

»Wie bitte?«, fragte er wieder, als ob er seinen Ohren nicht traute.

»Was nützt das schon«, fuhr ich fort. »Ich frag ja bloß! Was nützt das schon, ob man zehn oder hundert Stunden hat! Die Jungs kommen ja direkt von Ihnen und rasen wie die Wahnsinnigen, dass die Kotflügel flattern! Das hier hat überhaupt nichts damit zu tun, ob die Leute überleben oder nicht. Die reinste Tombola, das Ganze!«

»Wenn alle mit dem fahren würden, was sie über dem Kragen haben, statt sich von dem beherrschen zu lassen, was sie zwischen den Beinen haben ...«

»Wenn niemand Auto fahren würde, hätten wir auch keine Autounfälle!«

Nun kriegte er allmählich eine richtig rote Birne. Die mehlfarbene Pratze riss die Zigarette aus der Packung. Die Feuerzeugflamme zitterte. »Sollen wir vielleicht aussteigen und dem Rest der Welt Auf Wiedersehen sagen? Zu Pferd und Wagen zurückkehren?«

»Haben Sie schon mal einen richtigen Autounfall miterlebt?« Ich merkte, dass meine Stimme nicht ganz fest klang. »Haben Sie das? Der halbe Kopf durch die Windschutzscheibe? Das Ganze nur noch Mus. Reste zusammenkratzen, in Plastiksäcke packen und auf den Abfallhaufen fahren!«

»Nein«, sagte er ganz geschafft. »Sie fahren sie doch nicht auf ...«

Aber ich hatte noch mehr auf Lager. »Und Sie! Sie leben davon! Machen einen ordentlichen Reibach! Voriges Jahr war das Minimum vierzig Stunden. Diese Jahr sind es fünfzig. Oder sechzig. Wie?«

Jetzt zog er den Rauch tief ein. Dann hatte er sich entschieden. »Raus!«

»Verdammter Bluff, das Ganze!«

»Raus aus meinem Auto! Suchen Sie sich eine andere Fahrschule. Ich hab die Nase voll. Raus!!!«

Ich hielt es für besser, nicht länger zu zögern, und stieg aus. »Von mir aus! Ich habe nämlich keine Lust, übers Ohr gehauen zu werden! Nicht von Ihnen! Von niemandem!« Und damit knallte ich die Tür zu.

Der da drinnen in der Rauchwolke rutschte auf den Fahrersitz, startete und raste auf die Straße hinaus.

»Übrigens soll man nicht im Affekt fahren!«, schrie ich ihm nach. Aber es war fraglich, ob er mich hörte.

Ich musste eine halbe Stunde auf den Bus warten. Da war ich nass und durchgefroren oder, anders ausgedrückt, ziemlich abgekühlt. Ich war nicht mehr wütend, sondern nur entschlossen und ganz klar im Kopf. Lucky Bratsberg wollte der Erste seiner Generation sein, der mit mehr als nur großen Worten Abstand nahm von der Privatfahrerei und all dem Getue, das darum gemacht wird.

Ich würde mich, kurz gesagt, diesen Scheißtypen nicht aufdrängen, und wenn ich dafür bezahlt würde.

6

Auf einmal war der Frühling da. Eines Morgens merkte ich, dass ich auf trockenem Asphalt ging. Am Straßenrand schoss der Huflattich heraus. Es roch nach Erde, jungem Gras und an der Sonne getrockneter Wäsche, und von den Fernsehantennen zwitscherten Drosseln und Stare.

Ausnahmsweise war es mal ein richtiger Genuss, zur Schule zu gehen.

Lissa sah mich und fing an zu laufen, um mich einzuholen.

»Hallo!«, sagte sie.

»Hallo!«, sagte ich. »Du bist das.« Der Geistesblitz des Jahres.

»Wo hast du denn in der letzten Zeit gesteckt?«

»Direkt hinter dir«, antwortete ich.

Sie schüttelte den Kopf. Die Frühlingssonne glitzerte in ihrem Haar. »Ich meinte . . .«

»Hier und da«, sagte ich.

»Hast sogar mit der Fahrschule aufgehört. Was ist denn bloß los mit dir?«

»Nichts«, antwortete ich. »Mir geht's prima. Übrigens hab nicht ich mit der Fahrschule aufgehört. Die Fahrschule hat mit mir aufgehört.«

Sie setzte sich in Bewegung. »Dann hast du wohl selbst Schuld gehabt. Du musst dich ja immer mit allen anlegen.«

Ich trottete hinter ihr her. »Da irrt ihr euch aber, und zwar gewaltig. Ich lege mich mit niemandem an. Ich sage nur das, was ich denke.

Auf eine ruhige und sachliche Art. Aufschreien tut ihr.« Nach einer Weile fügte ich hinzu: »Leider habe ich nicht die gleiche Begabung zum Opportunismus wie gewisse andere.«

»Musst du denn dauernd sarkastisch sein?«

»Nein«, sagte ich. »Eigentlich nicht. Entschuldige.«

Die Stimmung wurde mit einem Schlag wieder freundlicher und wir wanderten weiter durch den Frühlingsmorgen.

»Merkst du, dass es nach Erde riecht?«, sagte Lissa. »Nach Gras und jungen Trieben. In dieser Jahreszeit kriege ich immer furchtbare Lust, Himmel und Hölle zu spielen.«

»Bitte sehr«, sagte ich galant. »Die Straße gehört dir.« Dann fand ich, dass ich noch was sagen musste: »Am besten erinnere ich mich an die ersten Touren mit dem Fahrrad. Wenn wir wie toll in die Pedale getreten sind und einfach losrasten. Den Wind im Haar, das Gefühl der Freiheit und all das.«

»Ich weiß, was du meinst«, sagte sie. »Wenn ich mir ein Auto leisten kann, kommt nur ein offener Sportwagen in Frage.«

»Wenn du bis zur nächsten Lottoziehung wartest, kaufe ich dir einen Maserati.«

Endlich lächelte sie.

»Aber nur, wenn ich mitfahren darf.«

Ganz plötzlich wurde sie wieder ernst und wir gingen lange wortlos nebeneinanderher.

Unvermittelt blieb sie stehen und wandte sich mir zu. »Du, Lucky?«

»Hier«, sagte ich.

»Was hast du am Samstag vor?«

Ich zögerte und suchte nach einer schlagfertigen Antwort. Vergeblich. »Mir wird schon etwas einfallen.«

»Weißt du noch, dass du mich einmal zu dir nach Hause eingeladen hast?«

Ich zuckte zusammen. Da war irgendwas im Gange. Holzauge, sei wachsam!, sagte ich mir. »Nein«, antwortete ich. »Das weiß ich nicht mehr. Böcke, die ich mal geschossen habe, versuche ich so schnell wie möglich zu vergessen.«

»Hätte jetzt im Grunde Lust dazu«, sagte sie. »So gegen acht Uhr, zum Beispiel. Okay?«

In diesem Augenblick rastete mein Gehirn aus. »W-wie?«, stotterte ich schließlich. »Was hast du gesagt ...?«

Sie sah mich fest an. Ein klitzekleines Lächeln spielte um ihren Mund. »Wenn also niemand was dagegen hat ...«

»N-nein«, sagte ich. Ich persönlich hatte jedenfalls nichts dagegen, ganz im Gegenteil. Ich wollte das auch gerade sagen. Aber da hielt ein Auto neben uns. Ein Volvo mit einem neuen Kotflügel, Scheinwerfer ohne Ring und Resten von Kitt und Stahlplastik. Mir wurde eiskalt. Proffen würde sofort Bescheid wissen.

Am Steuer saß allerdings sein Vater. Aber

Proffen steckte den Kopf raus und schaute Lissa mit zusammengekniffenen Augen an. »Hier bist du also.«

»Ja«, antwortete sie. »Wo sollte ich denn sonst sein?«

»Ich dachte, wir hätten verabredet, dass ich dich zu Haus abhole!«

»Hast du deshalb einen Privatchauffeur?«, wollte ich wissen.

Er übersah mich völlig.

»Ich wollte dann doch lieber gehen«, sagte sie. »Das Wetter ist so schön.«

Plötzlich wusste niemand was zu sagen. Ich wollte freundlich sein, beugte mich runter und schaute zu Jörgensen hinein.

»Sind Sie mit unserer Arbeit zufrieden?«

»Und ob!«, antwortete er.

»Prima«, sagte ich ehrlich erfreut.

»In nur zwei Monaten habt ihr einen sehr gepflegten und erst zehn Jahre alten Volvo so zugerichtet, dass man ihn nicht mehr wieder erkennt.« Und nach einer kurzen Pause: »Sollen wir hier ewig stehen bleiben? Ich muss zur Arbeit.«

Proffen schaute zu Lissa und Lissa in die Luft. Dann überlegte sie es sich und stieg ein.

Ich zögerte, eine Sekunde zu lange. Die Tür knallte zu. Jörgensen sagte da drinnen: »Und Lucky?«

Proffen hob den Kopf. Im Zeitlupentempo.

»Steig ein«, kam es schließlich.

»Nein danke«, sagte ich. »Ich geh lieber. Bei diesem herrlichen Wetter.«

Dann waren sie weg. Ich stand da, den Rucksack zu Füßen und das Kinn auf der Brust. Einen Augenblick lang war ich wild entschlossen die Schule zu schwänzen. Ich lief doch niemandem nach!

Gleich darauf tauchte jedoch das, was sie gesagt hatte, in meinem Hirn auf. Lissa hatte sich selbst eingeladen! Zu mir nach Hause! Am Samstag! Ich wollte es fast nicht glauben. Andererseits – weshalb zweifeln?

Aber wie kriegte ich bloß die Alten aus dem Haus!

Das Problem löste sich von allein. Als der Samstag kam, stellte sich heraus, dass die Fossilien zur Jahreshauptversammlung des Motor-Clubs gehen wollten. Und wenn ich sie richtig kannte, würden sie ordentlich tanken und fast die ganze Nacht wegbleiben. Ich sauste also in Hochstimmung zu Haus herum, war frisch geduscht, von oben bis unten besprayt, und tat, als ob gar nichts los sei.

»Hier riecht es schlimmer als in einem Bordell«, bemerkte mein Vater, als er endlich ins Bad konnte.

»Ach ja? Wusste gar nicht, dass du in solchen Häusern ein und aus gehst«, sagte die Frau mit dem Dekolleté. Immer wenn sie an dem Spiegel im Gang vorbeikam, stellte sie sich seitwärts davor und klopfte sich auf den Bauch und auf den Hintern. Ein Verhaltensforscher wäre bei uns auf seine Kosten gekommen.

»Und du gehst wohl wieder mit Per Olaf aus?« Meine Mutter löste ihren Blick eine Sekunde lang von ihrem Spiegelbild und sah mich an.

»Nein. Er will, glaub ich, zum Dorftanz. In Kopstad.«

»Jaja! Vor dieser Straße hat er jetzt offensichtlich Respekt. Fährt jetzt wohl wieder wie ein normaler Mensch.« Sie schmierte sich irgendwas ins Gesicht. Drei Wochen im Süden hätten ihr nicht mehr Farbe geben können. »Brauchst du Geld?«

»Ich geh nicht aus«, sagte ich.

Sie stutzte. »Nicht aus? Du?«

»Will arbeiten«, erklärte ich. »Mich mit Biologie beschäftigen. Etwas experimentieren.«

Da rief sie meinen Vater. »Ruf den Arzt an! Leif geht's nicht gut.«

»Wer hier im Haus krank ist, darüber lässt sich weiß Gott diskutieren«, sagte ich. »Ihr putzt euch ja heraus, dass einem schlecht werden kann. Wollt ihr zum Karneval?«

»Der Junge will bestimmt eine geile Schnitte nach Hause abschleppen, so drücken sie sich doch heute aus«, sagte der da draußen.

»Red doch keinen Quatsch, Vater«, sagte ich, allerdings ziemlich matt.

»Du brauchst nur einen Blick in den Kühlschrank zu werfen«, rief er. »Los, tu das! Guck dir mal an, was er alles eingekauft hat.«

Meine Mutter sah mich lange an. Schließlich tat sie, was er verlangte. »Krabben und Weißbrot!«, rief sie. »Was ist denn daran so besonders?«

»Weiter hinten! Guck ganz hinten nach!«

Ich hätte ihn erwürgen können. Verdammtes Klatschmaul.

»Aaah! Sieh mal einer an!« Bewundernd schwenkte sie die Schampusflasche, holte die Brille und las das bunte Etikett. »Ich glaube, wir bleiben zu Hause, Lars. Hier wird es wahrscheinlich spannender als im Motor-Club!«

»Wehe!«, sagte ich. »Wenn ihr nicht rechtzeitig verschwindet, schmeiß ich euch persönlich raus. Mit oder ohne Schminke.«

In der Familie Bratsberg herrschte eine einmalig gute Stimmung. Ich spürte, dass wir uns nah waren wie schon lange nicht mehr, dass sie mich gern hatten und mir alles Gute gönnten.

Meine Mutter nahm sich sogar die Zeit, sich hinzusetzen! »Wer ist es?«, fragte sie und lächelte mich einschmeichelnd an. »Erzähl!«

Ich gab keine Antwort.

»Vergiss nicht, dass ich deine Mutter bin. Ich hab ein Recht darauf, zu wissen, mit wem du zusammen bist. Oder ... ist es nur Per Olaf?« Und da ich immer noch keine Antwort gab: »Gute Freunde soll man pflegen. Dann halten sie länger.«

So konnte man es auch ausdrücken …

Mein Vater hatte ebenfalls was auf dem Herzen. Er nahm mich draußen im Flur zur Seite, senkte die Stimme und wollte wissen, ob eh und öh, und also, es sei ja so …

»Wir wollen Krabben essen und fernsehen«, sagte ich. »Davon kriegt man keine Kinder.«

»Sei dir da nicht zu sicher«, sagte er.

»Okay«, sagte ich, um gleichsam zu beruhigen. »Ich habe Pariser. Ein ganzes Dutzend.« Und als er sich leicht errötend vor den Spiegel stellte, um seinen Schlips noch mal zu kontrollieren, fügte ich hinzu: »Dürfte bis zu den Spätnachrichten reichen.«

Endlich verschwanden sie. Ich wischte mir den Schweiß ab. So einen Aufstand hatte ich seit meiner Konfirmation nicht mehr erlebt. Aber jetzt war also die Bahn frei. Brauchte nur noch zu warten! Bald würde Lissa hier sein, und dann!

Zu behaupten, dass ich ruhig war, wäre glatt gelogen. Immer wieder stürzte ich ans Fenster, um hinauszuschauen. Oder ich legte eine neue Platte auf, um einen Song zu finden, der besser passte. Und mehrmals kontrollierte ich den Kühlschrank, ob er auch noch richtig funktionierte.

Allmählich schlich sich in die Spannung jedoch ein anderes Gefühl. Ganz hinten im Hinterkopf spürte ich eine leise Gereiztheit, oder war es Enttäuschung, die immer stärker in mir bohrte?

Denn der Uhrzeiger lief allzu schnell auf halb neun zu. Und das bei Lissa, die es mit Verabredungen und Uhrzeiten unheimlich genau nahm.

Dann musste ich an Proffen denken. In den letzten Tagen war er irgendwie fröhlicher gewesen. Freundlicher. Wenn er nun hier auftauchte? Was sollte ich dann sagen?

Aber es kam niemand. Lissa nicht. Proffen nicht. Niemand. Und langsam, aber sicher ging mir auf, dass die Feststimmung von vorhin falscher Alarm gewesen war. Ich war doch kein Glückspilz, sondern von allen verraten und im Stich gelassen.

Um Viertel vor neun suchte ich ihre Nummer im Telefonbuch heraus. Es meldete sich Frau Holth-Nielsen persönlich. »Nein, Lise Lotte ist leider nicht zu Hause.«

»Oh«, sagte ich und verstummte.

»Hallo«, kam es nach einer Weile. »Wer ist denn da?«

»Leif Bratsberg«, sagte ich. »Ist sie schon lange weg?«

»Per Olaf hat sie gegen halb acht abgeholt. Mit dem Auto. Wolltest du vielleicht mit?«

Ich konnte einfach nicht antworten, legte auf und blieb im dunklen Flur stehen. Die Schweine hatten mich reingelegt. Mich richtig aufs Kreuz gelegt. Verfluchte Scheiße. Dass sie so gemein sein konnten. Aber das würden sie mir büßen.

Sollten sie doch zur Hölle fahren, alle miteinander!

Im Wohnzimmer überkam mich das schiere Elend. Plötzlich sah ich mich selbst. Ein Trottel, ein Würstchen, im frisch gebügelten Hemd, mit einer Schnittwunde am Hals vom Rasieren. Ein Einfaltspinsel! Jetzt saßen sie wohl im Auto und brüllten vor Lachen, wenn sie nur an mich dachten!

Ich muss zugeben, dass ich mir in diesem Augenblick selber Leid tat. Entsetzlich Leid tat.

Im besten Illustriertenstil warf ich mich sogar aufs Sofa, um zu heulen. Aber das klappte nicht richtig. Ein paar Tränen konnte ich rausquetschen, auch zwei gute Schluchzer. Aber dann war es ganz aus.

Nach einer Weile stand ich wieder auf, durchsuchte meine Brieftasche und alle Jacken in der Garderobe und hatte zum Schluss gut hundert Kronen zusammen.

Aber die Taxizentrale hatte keine Autos zur Verfügung und außerdem kostete die Fahrt nach Kopstad mindestens zweihundert. Ich dankte und legte wieder auf.

Ich strich durchs Haus, stellte den Fernseher an, legte eine neue Platte auf, hörte Radio, nichts half.

Natürlich kannte ich andere, die sicher auch nach Kopstad wollten. Aber sie anrufen? Darum betteln, mitfahren zu dürfen? Nie im Leben.

Ich konnte ja auch zur Hauptstraße radeln und versuchen per Anhalter mitzukommen. Aber dazu hatte ich auch keine Lust. Nur da rumstehen wie ein Idiot und warten und warten, dass sich jemand dazu herabließ, anzuhalten … Nee!

Schließlich stand ich wieder im Flur. Die Schlüssel zu dem neuen Wagen lagen auf dem Brett unter dem Spiegel. Sie zogen mich geradezu magisch an. Und es wäre ja wohl nicht so schlimm, wenn ich mich nur hineinsetzte, die Schlüssel ausprobierte, an den Knöpfen herumdrehte, am Radio herumspielte … Wo ich ja sowieso nichts anderes zu tun hatte.

Das Auto startete auf Anhieb. Ich nahm den Fuß vom Gaspedal und bewegte vorsichtig den Schaltknüppel. Nein, es war kein Gang drin. Der Motor da vorne surrte leise. Das Lenkrad zitterte leicht. Oder waren es meine Hände, mein Körper?

Plötzlich spürte ich jedenfalls, dass sich mir sämtliche Nackenhaare sträubten. »Immer mit der Ruhe«, sagte ich mir. »Sei ganz ruhig. Reg dich ab und sei vernünftig.«

Aber in dem Augenblick war ich einzig und allein von dem Wunsch beherrscht, meine Macht über die 120 PS da vorne zu fühlen. Nur den ersten Gang einzulegen, das Kupplungspedal loszulassen, aufs Gaspedal zu treten und auf die Straße hinauszufahren. Zu spüren, wie die

Beschleunigung mich in den Sitz drückte, wie die Kiste förmlich vom Boden abhob und in die Dunkelheit und das große Nichts hinausflog ...

Und wenn ich mich ausgetobt hatte, würde ich mich neben den schäbigen Volvo hinstellen, ganz lässig. Dann würde ich ins Lokal gehen und ein oder zwei Mädchen aufreißen, mich warm und schwitzig tanzen und zum Schluss mit der ganzen Bande eine Wahnsinnssause durch die Gegend machen. Und das alles ohne auch nur ein einziges Mal in Lissas Richtung zu sehen.

Brauchte nur die Pforte aufzumachen und loszufahren.

Aber das tat ich nicht. Denn ich wollte ja Lissa mit im Auto haben. Ich wollte ja nur mit Lissa auf friedlichen Landstraßen durch die Frühlingsnacht fahren, zum Fluss hinunter, die Handbremse ziehen, schöne Musik im Radio suchen ...

Ich lehnte mich im Sitz zurück und schloss die Augen. Aber ihr Gesicht blieb unklar. Stattdessen tauchte Proffen auf. Er lachte nicht mehr. Wirkte im Gegenteil ganz niedergeschlagen. Irgendwie traurig. Er sah mich mit einem so tragischen Gesichtsausdruck an, dass ich plötzlich wünschte, er wäre bei mir. »Hör zu, Proffen«, würde ich zu ihm sagen. »Du und ich, wir halten doch schon seit ewigen Zeiten zusammen. Was für einen Quatsch machen wir jetzt eigentlich?

Können wir nicht ...« Aber dann glitt er trotzdem weg. Verschwand einfach irgendwie.

Anfangs ging alles prima. Ich kam ohne Problem aus dem Villenviertel heraus und bog in die Hauptstraße ein. Da war nur wenig Verkehr und allmählich wurde ich sicherer. Geschwindigkeit und Übermut nahmen dementsprechend zu. Trotzdem merkte ich, dass der Griff um das Steuer immer verkrampfter wurde. Jetzt bist du wirklich saudumm, sagte ich mir immer wieder. Vater trifft der Schlag, wenn du das neue Auto zu Schrott fährst.

Aber ich hielt nicht an und kehrte auch nicht um. Obwohl ich tief in meinem Inneren wusste, es die ganze Woche über gewusst hatte, dass dieser Samstag nichts Gutes bringen würde, war ich jetzt also dabei, ein Riesenei zu legen. Hinter jeder Kurve lauerten ja immer neue und immer größere Gefahren. Trotzdem stieg die Geschwindigkeit. Bei jedem Auto, das mir entgegenkam, wurde das Nadelöhr, durch das ich hindurchmusste, kleiner. Trotzdem drückte ich stärker auf das Gaspedal.

Schließlich hatte ich das Gefühl, durch die Nacht zu fliegen, ohne Kontrolle, ohne Steuerung, alles Zufall, dem Glück überlassen. Und ganz hinten im Nacken spürte ich, dass ich dieses Gefühl unheimlich genoss.

Die Steigung zur Kopstadhöhe begann ganz plötzlich. Ich schleuderte durch die erste Kurve.

Die Baumstämme tanzten wild im Halogenlicht. Zum Glück kam mir niemand entgegen.

Überhaupt war es für Samstag merkwürdig ruhig auf der Straße.

Als ich durch die nächste Kurve fuhr, wusste ich plötzlich, warum.

Auf einer reflektierenden Weste leuchtete das Wort ›Polizei‹ und auf der rechten Straßenseite parkte ein Auto hinter dem anderen.

Kontrolle! Jetzt war ich erledigt! Strafanzeige! Würde das Auto stehen lassen müssen!

Den Mann, der zu mir herantrat, kannte ich nicht. Ich versuchte zu lächeln. »Na? Wie geht's? Sind ein paar dicke Fische ins Netz gegangen?«

Aber das Gesicht des Polizisten blieb todernst. »Sie kehren am besten um und fahren zurück. Da vorne ist ein Unfall passiert, wir können nicht noch mehr Zuschauer brauchen.«

In dem Augenblick raste mir eine Menge durch den Kopf. Ich sah den Volvo an der Felswand kleben und Proffen und Lissa blutend in der Seitenlage. Schließlich sagte ich: »Bin eigentlich deswegen gekommen. Gehöre zum Sanitätsdienst. Hab in der Eile nicht die Uniform anziehen können.« Warum ich das sagte, weiß ich bis heute nicht. Am einfachsten und am besten wäre es ja gewesen, seiner Aufforderung zu folgen, wie ein geölter Blitz zu verschwinden und erleichtert aufzuatmen. »Ist Gunder noch nicht mit dem Rettungswagen da?«

Das gab den Ausschlag. Er winkte mich auf die rechte Seite rüber und ließ mich aussteigen.

Ich ging wie ein Roboter an Gruppen von lachenden Jugendlichen vorbei. Um mich herum wurde getrunken und gekichert, Flaschen wurden zerschlagen und Witze gerissen. Einige kannten mich und grüßten.

Ich nahm das kaum wahr.

»Gehst du auf die Grillparty?«, kreischte einer und lachte sich hinterher kaputt.

Vorn an der Absperrung drängten sich die Leute. Ich musste auf das nächste Fahrzeug klettern, um etwas sehen zu können. Zuerst wollte ich umkehren. Aber dann zwängte ich mich durch die Menge, rief dem Polizisten, der die Leute zurückhalten musste, zu, dass ich vom Sanitätsdienst sei, und ging weiter zur Unfallstelle.

Dort waren Polizisten. Und da war auch Gunder mit dem Rettungswagen. Er wollte nicht in meine Richtung sehen. Und Feuerwehrmänner. Aber sie standen auch nur da wie gelähmt und starrten nach unten.

Am Fuß des Abhangs brannte ein Auto lichterloh. Die Flammen leckten durch die Baumkronen, wechselten ständig die Farbe, von Gelb zu Weiß, Rot, Grün, Violett. Schwarzer, dicker Rauch wälzte sich zu den tief hängenden Wolken hoch. Und es roch intensiv nach verbranntem Gummi und ... etwas anderem. Nach etwas widerlich Süßem.

»Warum tut ihr denn nichts?«, schrie ich plötzlich. »Warum steht ihr hier nur so rum?«

Ein Polizist war am Autotelefon. Er wartete, trommelte auf das Autodach und schaute mich aus dem Augenwinkel an. »Ja, hallo? Ja. Ja, natürlich. Danke.« Er schrieb etwas auf seinen Block, beugte sich ins Auto, um den Hörer aufzulegen, und schob sich langsam wieder heraus. »Jetzt wissen wir jedenfalls, wer der Halter des Wagens ist.«

Ich starrte ihn an. Irgendetwas in mir wollte fragen, Antwort bekommen, es wissen. Aber der übrige Teil meines Wesens kämpfte dagegen an.

»Jörgensen. Paul Jörgensen. Buchprüfer.«

Ich hörte und hörte doch nicht.

»Kennst du ihn? Weißt du, wer ...«

Da fuhr ich herum und stürzte los. Der Schrei drohte mir Kopf und Brust zu zersprengen: »Proffen! Lissa! Kommt zurück! Lasst das! Lasst ...«

Die Leitplanke war höher, als ich gedacht hatte. Ich raste darauf zu und merkte kaum, dass ich näher kam. Erst als ich stürzte und mit dem Gesicht auf die Erde fiel. »Per Olaf! Komm zurüüück!!!«

Ich wollte wieder hoch. Aber der Polizist war mir nachgerannt. Jetzt warf er sich auf mich, packte mich und hielt mich fest. »Du darfst da nicht runter!«, fauchte er. »Der Benzintank kann jeden Moment explodieren.«

»Ich muss!«, schrie ich. »Lassen Sie mich los! Lassen Sie mich los, verdammt noch mal!«

Aber er ließ mich nicht los. »Du bleibst hier. Wenn dir dein Leben lieb ist, bleibst du jetzt hier liegen.«

Ich kämpfte lange. Ich wollte nur eins, zu ihnen runter, mich ebenfalls ins Flammenmeer werfen, eins mit ihnen werden, genau solche Schmerzen erleiden wie sie. Nach und nach ließen meine Kräfte jedoch nach. Der warme, starke Griff um meine Handgelenke, der schwere Körper auf mir und die Worte, die er sagte, beruhigten mich langsam. »Sie können mich jetzt loslassen«, flüsterte ich schließlich.

Da knallte es. Mit ohrenbetäubendem Getöse schoss eine weiße Stichflamme hoch. Glühende Metallstücke zischten durch die Baumkronen. Irgendetwas traf mich am Hals. Es brannte wie Feuer.

»Du kannst froh sein, dass du gestolpert bist«, sagte die Stimme über mir. »Sonst wäre es mit dir auch aus gewesen.«

Es dauerte eine Weile, ehe ich im Stande war aufzustehen. Ich hatte den Mund voller Erde, eine riesige Brandwunde am Hals und blutete an den Händen, die ich mir an dem verharschten Schnee aufgescheuert hatte. Aber ich merkte das kaum. In meinem Kopf drehte sich unablässig ein Mühlwerk: Müssen andere sein. Brauchen nicht Proffen und Lissa zu sein. Aber tief in meinem Inneren wusste ich nur allzu gut, wer dort unten im Flammenmeer lag.

Dann hörte ich, dass Gunder nah genug am Auto gewesen war und gesehen hatte, dass nur eine Person darin saß. »Per Olaf. Mehr waren wohl nicht drin? Einen Moment lang glaubte ich, dass ihr beide ...« Er drehte sich abrupt weg.

»Lissa«, brachte ich dann endlich heraus. »Sein Mädchen. Wo ist ...«

Wir suchten den ganzen Abhang ab und entlang der Leitplanke. Aber wir fanden nur die rechte Vordertür, die Windschutzscheibe und zwei Radkappen. Und die Bon-Jovi-Kassette, die ich ihm gleichzeitig zum Geburtstag und zum bestandenen Führerschein geschenkt hatte. Ich steckte sie in meine Tasche. Aber von Lissa keine Spur. Langsam wuchs eine Hoffnung in mir. Dann war sie jedenfalls davongekommen!

Danach warteten wir nur darauf, dass das Auto ganz ausbrannte. Mit leiser Stimme wurde darüber gerätselt, wie das Ganze wohl passiert war. Das heißt, die anderen sprachen. Ich hielt den Mund.

Der Volvo war ein langes Stück an der Leitplanke entlanggerutscht. Dann musste sich irgendwas festgehakt haben, der Wagen hatte sich überschlagen und war den Abhang hinuntergestürzt.

»Muss ein wahnsinniges Tempo draufgehabt haben«, sagte jemand.

»Immer wieder die gleiche Geschichte«, sagte ein anderer. »Man könnte fast glauben, sie legen es darauf an, sich das Leben zu nehmen.«

Ich wollte schon protestieren. Aber dann kam mir der Gedanke, dass er vielleicht Recht hatte. Denn wenn Proffen rausgekriegt hatte, dass bei Lissa und mir was am Kochen war ... Dass ich hinter seinem Rücken ... Mein Kopf streikte. Plötzlich war es ganz unmöglich, so was zu denken.

Um mich herum wurde es stiller. Dann bemerkte einer: »Ein Blumengeschäft müsste man haben. Das brächte zurzeit ordentlich was ein.«

Endlich wandte Gunder sich zu mir. »Du brauchst nicht mit runterzukommen, wenn du nicht willst. Ich meine, wir haben genug Leute.«

»Doch«, sagte ich. »Ich muss.«

»Ja, aber ... Wenn das nun Per Olaf ist ...«

Ich starrte ihm so lange in die Augen, bis er den Blick abwandte.

Einer von den Feuerwehrmännern zündete sich eine Zigarette an. Sein Gesicht war kreidebleich und glänzte vor Schweiß. »Meine Frau hat mir für morgen Mittag Buletten versprochen. Aber die werde ich wohl kalt essen müssen.«

Es wurde gelacht. Ich lächelte sicher auch ein bisschen. Alle wussten, was wir hier betrieben: Wir bauten uns auf. Ich hatte diese Methode auch schon ein paar Mal angewandt. Sich etwas auszudenken, worüber man lachen kann. Das Ganze mit einem Witz verscheuchen. Aber diesmal fehlten mir die Worte. »Ich muss«, sagte ich bloß und wusste, dass sich das verrückt anhörte, »ich muss da runter.«

Es zischte, siedete und knallte, als sie Schaum draufspritzten. Zum Glück war es dunkel. Wir legten keinen Wert darauf, mehr zu sehen, als gerade nötig war. Dann wurde aber ein Scheinwerfer angemacht. Der Älteste von den Feuerwehrmännern fasste den Türpfosten mit dem Asbesthandschuh an und beugte sich hinein. »Einer. Nur einer. War offenbar angeschnallt.«

Typisch Proffen, dachte ich.

»Los, kommt her und packt mit an.«

Das blieb mir zum Glück erspart. Ich kniete auf der Erde und hielt den Griff der Bahre krampfhaft umklammert. Die Bahre stand ganz ruhig, was man von mir wahrscheinlich nicht behaupten konnte.

Irgendwas Unförmiges fiel ihnen zwischen die Beine. Sie zögerten. Gunder trat einen Schritt vor, mehr um mir den Anblick zu ersparen als um mitzuhelfen. Dann bückten sie sich wie auf Kommando und schubsten und schoben das Ganze in einen Plastiksack. »Hier«, hörte ich, »der Arm.« Und dann: »Haben wir jetzt alles?« Der Sack wurde auf die Bahre gelegt. Gunder und ich hoben sie hoch und gingen los. Plötzlich brachen wir in dem verharschten Schnee ein und versanken bis zu den

Knien. Einer von den anderen wollte mich ablösen. Aber ich schnauzte ihn an, dass er verschwinden solle.

Dann sagte Gunder irgendwas, was ich aber nicht verstand.

»Das ist die schwerste Last meines Lebens«, wiederholte er.

Diese Worte trafen mich wie ein Keulenschlag. Ich brach zusammen. Tränen und Schweiß machten mich blind. Zum Glück leuchtete mir der Polizist mit der Taschenlampe ins Gesicht und ich kämpfte mich wieder hoch. Und wenn es das Letzte ist, was ich tue, dachte ich. Da muss ich durch.

Endlich waren wir oben auf der Straße. Die Bahre wurde in den Wagen geschoben. Gunder machte die Tür leise zu und blieb stehen. Alle zündeten sich Zigaretten an, die Raucher und die Nichtraucher. Ich zwinkerte ununterbrochen und kämpfte gegen das Nachdenken an, wünschte nur alles wegzuschieben, zu vergessen.

Einer von den Jungs hatte sich durch die Absperrung gemogelt. Er war betrunken und lief mit einer Bierflasche und einem blöden Grinsen herum. Ich kannte ihn. Er gehörte zu denen, die immer am Rande standen und über alles lachten, was lustig war, aber sonst nicht viel zu bieten hatten. Ich wünschte ihn über alle Berge.

»Hallo, Lucky!« Er grinste noch breiter. »Die

Jungs möchten gern wissen, ob es bald Hackepeter gibt.«

Da brannte bei mir die Sicherung durch. Ich stürzte mich auf ihn, schrie und fluchte, schlug und kratzte. Der Kerl wich erschrocken zurück. Ich bekam seine Jacke zu fassen, warf ihn zu Boden und bearbeitete seinen Kopf mit meinen Fäusten. »Scheißkerle! Haut ab! Geht zum Teufel! Verdammte Schweine!«

Starke Hände packten mich und rissen mich hoch. Der Unglücksrabe sprang auf die Füße und jagte davon. Ich zappelte und schrie: »Ich bring euch um! Ihr Arschlöcher!«

Dann sackte ich zusammen. Als Gunder mich losließ, wollten mich meine Beine kaum tragen.

»Geht es?«, fragte er.

Ich konnte und wollte nicht antworten, taumelte nur in die Dunkelheit hinein und ging ohne anzuhalten, um nur möglichst weit wegzukommen.

Weiter oben musste ich ruckartig stehen bleiben. Plötzlich kam mir alles hoch. Mitten in der Nacht stand ich da und riss den Mund auf. Der Schwall ergoss sich auf die Straße. Mein Magen zog sich zu einem steinharten Klumpen zusammen, immer und immer wieder, bis nichts mehr drin war. Bis ich leer war, ganz leer, im Bauch, Kopf, Körper, überall.

Schließlich richtete ich mich mühsam wieder auf. Nach einer Weile drehte ich mich um und schaute den Hang hinunter. Die Polizei war mit dem Ausmessen und Fotografieren fast fertig. Die Menge an der Absperrung hatte sich beruhigt. Einer nach dem anderen verdrückte sich. Autos wurden gestartet und fuhren langsam weg.

Vor dem Rettungswagen zeichnete sich Gunders regungslose Gestalt ab. Er wartete geduldig, war die Geborgenheit in Person, wie schon so oft.

»Hilf mir!«, flüsterte ich. Das hörte er natürlich nicht.

»Hilf mir! Bitte!« Aber diesmal kamen die Worte nicht aus meinem Mund. Die Stimme kam von irgendwoher aus dem Dunkel. »Hilf mir! Bitte!«

Lissa. Lissa lebte.

Ich schrie, dass es von den Hängen widerhallte: »Lissa lebt! Wartet! Hier ist jemand!«

Gunder reagierte als Erster. Er packte Taschenlampe und Bahre und rannte die Straße hoch.

»Lissa lebt! Hierher! Hilfe!«

Sie lag in einer merkwürdig verrenkten Stellung im Straßengraben. Sie hatte sich an der Eiskruste den Kopf aufgeschlagen und ihr Haar bewegte sich langsam im Schmelzwasser. Ihr Gesicht war leer, die Augen geschlossen. Nur ihr Mund sagte immer wieder das eine: »Hilf mir! Bitte!«

Wir überlegten nicht lange, was hier zu tun war. Ich holte die Trage. Dann schienten wir sie so auf, wie sie dalag, schoben sie in den Rettungswagen und fuhren mit heulenden Sirenen los.

Mit halbem Auge sah ich, dass Vaters Auto unbehelligt dastand. Dann waren wir auf offenem Gelände. Gunder stellte die Sirene ab. Er fuhr gut und konzentriert. Plötzlich deutete er mit dem Kopf zum östlichen Himmel. »Es wird tatsächlich schon bald Tag.«

Ich hatte auch bemerkt, dass es heller wurde. Aber ich sah dem, was kommen musste, mit Grauen entgegen.

Gegen sieben Uhr wurde es auf den Gängen lebendig. Ich wachte auf und bemerkte, dass ich zusammengekrümmt auf einem Skai-Stuhl lag und fror. Nach einer Weile stand ich auf und schüttelte den Schlaf ab. Die Nacht war ein einziger Alptraum gewesen. Das Letzte, woran ich mich noch klar erinnerte, war, dass Gunder mich umarmt hatte und nach Hause gefahren war. Von da an war ich wohl immer nur auf und ab gegangen, hatte dieselben Zeitschriften noch einmal gelesen, hatte versucht zu schlafen und war wieder herumgegangen. Und die ganze Zeit hatte ich ein Bild vor Augen gehabt: Proffen – oder das, was von ihm übrig geblieben war. Das Unförmige, das aus dem Auto gefallen war. Die Last. Der Geruch. Der schwarze Plastiksack.

Und dann, Lissas Gewimmer.

Der Arzt kam. Er blieb vor mir stehen, wirkte entsetzlich müde. »Willst du nicht lieber nach Hause gehen?«

Ich brachte kein Wort heraus, machte nur eine Bewegung mit dem Kopf.

»Du solltest etwas schlafen. Wenn du willst, kann ich dir ein Beruhigungsmittel verschreiben.«

»Wie geht es ihr?«, stieß ich schließlich hervor.

Er sah mich lange an. »Ich bin auf dem Weg zu meinem Büro. Ihre Eltern warten.«

»Ist es ernst? Es ist ernst, nicht wahr? Deswegen habe ich doch die ganze Zeit hier gesessen! Ich muss es wissen. Ich kenne sie!«

»Es tut mir Leid. Du bist kein Angehöriger. Ich darf dir nichts sagen.« Damit drehte er sich um und ging.

Ich stand vollkommen benommen da. War Lissa tot? Oder ... Fast ohne nachzudenken ging ich hinter ihm her. Er drehte sich kein einziges Mal um. Und die Tür zu seinem Büro blieb angelehnt.

Sie lebte. Aber sie war schwer verletzt. Der gebrochene Knöchel, die gebrochenen Rippen und die ausgerenkte rechte Schulter, alles war zu heilen. Aber welche Folgen der gebrochene Nackenwirbel haben würde, ließ sich jetzt noch nicht sagen.

Ich kam erst am späten Vormittag nach Hause. Stundenlang war ich wie betäubt in den

Straßen herumgelaufen, voller Angst vor dem, was mich erwartete. Das mit dem Auto war eine Sache. Viel schlimmer würde es werden, von dem Unfall zu erzählen. Was mit den beiden passiert war. Die Einzelheiten. Die Fragen. Wie so was geschehen konnte. Weshalb.

Das Auto stand in der Garage. Ich sah es mir genau an. Abgesehen von einem Knick in der Antenne war alles in Ordnung.

Sie warteten im Wohnzimmer auf mich. Meine Mutter saß auf der Kante eines Sprossenstuhls. Mein Vater hatte das Fernsehen laufen und versuchte das Holmenkollen-Springen zu verfolgen.

Sehr lange sagte niemand etwas.

»Tut mir Leid mit dem Auto«, stammelte ich. »Das war absolut idiotisch. Werde ich nie wieder tun! Ehrenwort!«

Mein Vater suchte nach Worten, fand aber keine.

Meine Mutter bemerkte plötzlich den Verband an meinem Hals und kam auf mich zu. »Aber du bist ja verletzt!«

Da stieg plötzlich eine wahnsinnige Wut in mir hoch: »*Ich* verletzt! Aber denk doch mal an Proffen und Lissa! Seid ihr ganz ... ganz ...«

Sie starrten mich bloß an. Kapierten sie denn nichts?

»Dass so was möglich ist! Dass man so kalt und gemein sein kann!«

»Wir sind heilfroh, dass wenigstens du am Leben bist.« Sie drehte sich ruckartig um und hob zitternd ein Taschentuch an die Augen.

»Ob ich das wirklich bin, weiß ich nicht.« Damit ging ich hinaus in mein Zimmer und schloss die Tür hinter mir ab.

Ich blieb stehen und lauschte. Aber sie kamen nicht. Das hätten sie tun sollen. Mussten doch begreifen, dass ich es nicht aushielt, allein zu sein!

Kurz darauf fiel ich angezogen auf mein Bett. »Das müssen sie doch begreifen«, murmelte ich.

Und dann war ich weg.

7 Am Tag der Beerdigung stand ich im Wohnzimmer und starrte aus dem Fenster. Es regnete. Wie ein zarter Schleier fiel der Regen auf den wintergrauen Garten hinunter. Der Schnee lag noch in großen, schmutzigen Haufen auf dem Rasen, aber an den Beeten schaute das Gras heraus.

Das war die schönste Zeit. Plötzlich erinnerte ich mich, wie Proffen und ich in den Straßengräben Dämme gebaut, wie wir aus Weidenzweigen, die nur wir zu finden wussten, Flöten geschnitzt oder wie wir uns auf die Murmeln in dem feuchten Erdloch konzentriert hatten ...

Meine Mutter kam herein. Sie schmierte sich Creme ins Gesicht und in die Hände. »Wie geht es dir, mein Junge?«

Ich gab keine Antwort, zog nur am Kragen. Das Hemd, der Konfirmationsanzug, die Schuhe, die ich von meinem Vater geliehen hatte, alles schien zu eng. »Hab Bauchschmerzen«, murmelte ich schließlich.

»Willst du wirklich kein Valium haben?«

»Nein«, sagte ich. »Ich bin schon stumpf genug.« Dann holte ich den Zettel noch mal raus. Auf dem standen einige Sätze über Per Olaf und mich. Dass wir immer Freunde gewesen waren. Dass er immer der ehrliche und treue ... dass ich ihn furchtbar vermissen würde.

Niemand hatte mich darum gebeten, etwas zu sagen. Auf den Gedanken war ich ganz allein gekommen. Die Blumen, die auf dem Tisch lagen, hatte ich von meinem eigenen Geld gekauft.

»Du brauchst nichts zu sagen, Leif. Leg die Blumen einfach auf den Sarg, ehe alles anfängt. Dann hast du es hinter dir.« Sie schaute wieder in den Spiegel. Ich wusste, dass sie sich für diesen Tag wasserfesten Eyeliner gekauft hatte. »Außerdem machst du es für die Eltern nur noch schlimmer.«

Ich nickte. »Keine Sorge, Mutter. Überlass das nur mir.« Aber ich wusste, dass das die letzte Chance, die letzte Möglichkeit war, einiges in Ordnung zu bringen.

Mein Vater erschien in der Schlafzimmertür. Sein Gesicht war rot angelaufen. »Ich schaff das nicht. Ich steh das nicht durch!«

»Was denn?« Ich begriff gar nichts.

»Die Beerdigung. Ich glaub, ich bleibe zu Hause.«

Meine Mutter kam wieder rein, sie sagte nichts, sondern starrte ihn nur an. »Jetzt reiß dich aber zusammen!« In ihrer Stimme schwang plötzlich eine gewisse Schärfe mit. »Was sollen denn die Leute glauben! Seine Eltern! Wenn du nicht mitkommst!«

Mit einem Mal überkam mich rasender Zorn. »Müsst ihr euch ausgerechnet jetzt streiten? Alles kaputtmachen?«

Da sah er mich nur lange an. Und zum Schluss murmelte er: »Entschuldige, entschuldige bitte, Leif. Das war unbedacht von mir.«

Dann ging er wieder hinaus, um den dunkelblauen Anzug anzuziehen und die Krawatte umzubinden.

An das, was in der Kirche vor sich ging, erinnere ich mich nicht mehr so genau. Aber draußen am Grab . . . Schwarz von Leuten. Die ganze Klasse war erschienen, der Sanitätsdienst, die Nachbarn, Bekannte und viele, die ich noch nie gesehen hatte, wahrscheinlich Verwandte. Proffen hatte überall zahllose Cousins und Cousinen.

Lissas Eltern waren auch da. Ich hatte sie zwar noch nie getroffen, merkte aber schnell, dass sie es waren. Sie hielten sich etwas abseits und machten einen ziemlich unbeteiligten und kühlen Eindruck.

Es fiel mir ungeheuer schwer, die Maske zu wahren. Mir direkt gegenüber standen nämlich Proffens Eltern und seine kleine Schwester, Ingrid, die immer über der Sofalehne gehangen hatte, wenn wir beide etwas Wichtiges zu besprechen hatten. Jetzt drängten sie sich aneinander, suchten Schutz beieinander, versuchten sich gegen den Schmerz zu wehren.

Was hatte ich hier eigentlich zu suchen? Ich, der ich bis jetzt noch keine einzige Träne um Per Olaf vergossen hatte. Ich sollte vortreten und eine Rede halten? Das wäre nur eine Show für die Leute gewesen, sonst gar nichts.

Da kamen mir zum Glück andere zuvor. Die Mädchen aus der Klasse traten vor, eine nach der anderen, und legten ihre Rose aufs Grab. Einige weinten furchtbar. Und dann der Lehrer mit dem Kranz von der Schule. Ausnahmsweise sagte er mal nichts.

Schließlich schob meine Mutter mich nach vorn.

Vor dem duftenden Blumenhaufen blieb ich auch stumm. Ich wusste, wenn ich den Blick hob, würde ich den dreien direkt ins Gesicht sehen. Und das konnte ich einfach nicht. Der Strauß fiel auf die Blumenpracht hinunter. Auf einmal wirkte er ganz klein und billig. »Lieber Per Olaf«, begann ich. Dann musste ich eine lange Pause machen. »Lieber Per Olaf, du hattest den Frühling so gern.« Und ich wollte hinzufügen: »Verzeih mir, Proffen. Vergib mir alles, was ich dir angetan habe.« Meine Lippen formten die Worte, aber es kam kein Laut heraus.

Erst am Abend, als meine Mutter leise mit einem Glas Milch hereinkam, wurde mir wirklich klar, dass es Proffen nicht mehr gab. Ihn nie wieder geben würde.

Sie sagte nämlich etwas, was mich wie ein Hammer traf. »Jetzt bist du allein, Leif.«

»Geh raus«, murmelte ich.

»Jetzt ist deine Kindheit vorbei.«

Ich drehte mich zur Wand. »Willst du mich zum Heulen bringen?«

»Ja«, sagte sie.

Und hinterher, nachdem sie gegangen war, versuchte ich es sogar. Mit aller Gewalt versuchte ich zu weinen, mich zu öffnen, den Schmerz loszuwerden, der mich drückte.

Aber der Versuch missglückte. An dem Abend bestätigte sich mein heimlicher Verdacht: Ich war wirklich ein gefühlskalter Hund.

8

In der Klasse entwickelte sich eine Diskussion über die Festivitäten zum Abitur. Einige meinten, wir sollten ganz darauf verzichten. Andere schlugen vor, wir sollten es »ruhiger angehen lassen« und ansonsten denjenigen, die Proffen nicht so gut gekannt hatten wie wir, den Spaß gönnen, der ihnen zustand.

Ich selbst sagte wenig. Bei mir war offenbar die Luft raus. Nicht, dass ich es so wollte. Aber die Witze kamen nicht mehr so locker wie früher und ich stellte fest, dass ich eigentlich gar nichts mehr zu bieten hatte, wenn ich keinen Scheiß von mir geben konnte.

Die anderen und die Lehrer dachten bestimmt, dass mir immer noch der Unfall in den Knochen saß. Aber das war nicht der Fall. Nachdem das Mobiliar im Klassenzimmer umgestellt war und die beiden Stühle nicht länger leer dastanden, erinnerte merkwürdig wenig an Proffen und Lissa. Eins von den Prachtmädchen hatte sich zwar zum Ziel gesetzt, unsere lokale Ausgabe von Florence Nightingale zu werden, und brachte jeden Tag die neuesten Meldungen aus dem Krankenhaus. Aber das, was sie zu berichten wusste, stand nicht immer im Einklang mit der Wirklichkeit, die ich kannte.

Eines Abends, als meine Eltern und ich beim Fernsehen saßen, erzählte ich, was ich gehört hatte. Herr und Frau Geschäftsführer Holth-

Nielsen trugen sich mit dem Gedanken, Klage einzureichen. Sie waren anscheinend der Meinung, dass Proffen unverantwortlich gefahren war und dass Lissa Schmerzensgeld bekommen müsste. »Dachte, das sei Sache der Versicherungen«, sagte ich.

»Irgendwie verstehe ich sie ja«, sagte meine Mutter. »Dass sie bitter sind, meine ich.«

»Und Proffens Eltern? Was ist mit denen?«

Es wurde still. Keiner von beiden wusste, was er sagen sollte.

»Sollen die ihn etwa von da unten raufholen und ihn vor Gericht stellen?«

Irgendein Typ von der Naturredaktion tauchte auf dem Schirm auf und fing an, von den Fischschwärmen in der Barentssee zu reden.

Mein Vater starrte interessiert hin. Schließlich sagte er: »Ich weiß nicht, wie so was geregelt wird. Aber wenn er wie ein Verrückter gefahren ist und Schuld daran hat, dass das Mädchen sich in diesem Zustand befindet . . .«

»Sie braucht ja das Geld«, sagte meine Mutter.

»Kaum liegt der arme Kerl unter der Erde, geht das Theater schon los. Geld. Geld. Geld. Immer dieses Gejaule um Geld. Die Leute stinken vor Geld. Sie könnten Proffen in Frieden lassen.«

Die beiden auf dem Sofa stimmten natürlich zu und konzentrierten sich wieder auf den Bildschirm.

Als ich später vergeblich über meinen Hausaufgaben saß, merkte ich auf einmal, dass ich nicht mehr wusste, wie er aussah. Nach nur vierzehn Tagen war der Kopf leer! Ich bekam eine furchtbare Wut auf mich und außerdem einen gehörigen Schreck. In der Schublade fand ich ein Foto. Proffen und ich beim Angeln, ich mit einem größeren Fang als er. Ich grinste selbstsicher über das ganze Gesicht. Aber Proffen starrte todernst in die Kamera. Es war, als ob er mir etwas sagen wollte, als ob er schon damals geahnt hätte, dass irgendwas schief laufen würde.

Eines Tages, als ich Sport schwänzte und in der Frühlingssonne in der Stadt herumschlenderte, begegnete ich seiner Mutter. Einen Moment lang blieben wir stehen und schauten uns mehr oder minder entsetzt an. Sie hatte sich vollkommen verändert. Sie war mager und grauer geworden, hatte dunkle Ringe um die Augen und hängende Schultern. Bei ihr war ich mein ganzes Leben ein und aus gegangen, hatte unzählige Scheiben Brot gegessen, war ausgeschimpft worden, wenn ich den Flur schmutzig gemacht hatte, und umarmt worden, wenn sie in der Stimmung dazu war, und immer mit einem Klaps auf die Wange nach Hause geschickt worden. Jetzt war sie merkwürdig fremd.

»Wir vermissen dich, Leif«, sagte sie. Nur das.

»Oh«, sagte ich und begriff nicht ganz, was sie damit sagen wollte. »Ich dachte, Sie hätten mehr als genug mit . . .« Die Worte blieben mir im Hals stecken.

Sie verstand trotzdem. »Es ist so still geworden. Ich vermisse euer Lachen.« Sie versuchte zu lächeln, fing stattdessen aber an zu weinen. An einem Donnerstagvormittag stand sie da mitten auf dem Marktplatz und ließ die Tränen einfach laufen. »Kannst du nicht mal abends vorbeikommen? Wir sollten miteinander reden.«

Ich nickte.

»Vielleicht kannst du mir erklären, warum das passiert ist.«

»Begreifen Sie das denn nicht?«

»Nein.«

Da ließ ich sie stehen. Murmelte etwas davon, dass ich wieder zur Schule zurückmüsste, und verdrückte mich.

Nach der dritten Woche bekam ich von Miss Mildtätig zu hören, dass jemand anfing es übel zu nehmen, dass ich Lise Lotte immer noch nicht besucht hatte.

Ich wurde sauer. »Wie hätte ich das wohl machen sollen? Du bist ja Tag und Nacht um sie herum! Andere haben gar keine Chance!«

Da schnappte sie ein. In unmissverständlichen Worten erklärte sie mir, dass ich kindisch, dumm und ein unsympathischer Dreckskerl sei. Der übrige Hühnerhof stieß nach. Hier überbrachte sie mir den Wunsch einer Schwerverletzten, und alles, was mir dazu einfiel, war sauertöpfische Kritik!

»Leckt mich doch!« Ich schrie beinahe. Leider kam in dem Augenblick Frau Fisvik herein und trug mich in ihr kleines schwarzes Buch ein.

»Das geschieht dir recht!«, zischte es drüben in den Reihen.

Da gab ich es auf. Ich hätte mich gewaltig darüber aufregen können, dass man in der letzten Klasse des Gymnasiums immer noch schlimmer behandelt wurde als ein Rindvieh. Aber ich hatte einfach genug. Der Bauch tat mir weh, Lucky Bratsberg raste in der Hitliste abwärts und ich fühlte mich allmählich ganz schön gestresst.

Besser sollte es nicht werden. Zwei Tage später spazierte ich nämlich durch einen Krankenhauskorridor. Der Besuch war mit dem geschäftsführenden Direktor und Gattin abgesprochen, dafür hatte meine Mutter gesorgt, und jetzt ging ich also hier lang und versuchte, nicht an die Nacht zu denken, die Ewigkeiten zurücklag, oder an den Anblick, der sich mir wahrscheinlich auf Zimmer Nummer 416 bieten würde.

Die Aprilsonne durchflutete den Raum. Das Fenster war angelehnt und es roch frisch und sauber. Ich schnupperte sogar einen Hauch ihres Parfüms.

Sie hatte einen Verband um den Kopf. Stahlbügel bohrten sich durch ihre Schläfen, Schnüre und Gewichte hingen über dem Kopfende und das Bett neigte sich in Richtung Fußende nach unten. Sie rührte keinen Finger, zwinkerte nur ein bisschen und machte den Mund wieder zu, als ich nah genug herangekommen war und sie sehen konnte, wer es war.

»Ich bin's nur«, sagte ich. »Hallo, übrigens.«

»Hallo«, sagte sie tonlos.

»Soso. Hier liegst du also«, fuhr ich fort. Etwas Witzigeres fiel mir nicht ein.

»Ja«, sagte sie. »Wie du siehst.«

Ich legte den Blumenstrauß auf den Tisch, sie bedankte sich und sagte, dass die Schwester sich um eine Vase kümmern würde.

Dann wurde es still. Entsetzlich still.

»Wie geht es dir?«, brachte ich endlich heraus.

»Wie geht es *dir*?«, gab sie zurück.

»Ich habe zuerst gefragt.«

»Prima. Ganz prima.«

Ich rutschte unruhig auf dem Stuhl hin und her; die Wendung, die das Gespräch nahm, behagte mir nicht.

»Hast du große Schmerzen?«

»Überhaupt keine! Überhaupt keine!«

»Was meinst du damit?« Aber ich wusste, was sie meinte.

»Kann keinen Finger rühren. Fühle nichts. Alles vom Kopf ab ist einfach ... einfach weg. Ich kann mich also über nichts beklagen. Nicht im Geringsten. Mir geht's wirklich fabelhaft. Genau das hab ich mir immer gewünscht. Alles auf einem Silbertablett serviert zu bekommen. Nichts selber tun zu müssen. Einfach nur daliegen und entgegennehmen. Was kann ein armes Würstchen mehr verlangen!«

Wieder trat Stille ein. Ich dachte, ich könnte ihr vielleicht erzählen, dass es überall grün wurde. Dass es eine paradiesische Zeit war ... Aber das war wohl nicht ganz das Richtige. Dass ich Proffens Mutter getroffen hatte. Aber das würde wohl auch nur wehtun. Dass das Abitur näher rückte ... für das sie sehr hart gearbeitet hatte und das sie nun nicht machen konnte ...

»Was machst du so den ganzen Tag?« Idiotische Frage.

In ihren Augen blitzte es kurz auf. Aber dann beschloss sie offenbar freundlich zu sein. »Ich höre ziemlich viel Musik. Wenn du mal einige Kassetten mitbringen könntest ...«

»Was du willst«, sagte ich. »Du brauchst es nur zu sagen.«

»Und dann sehe ich fern.«

Der Apparat stand auf dem Tisch. Sie erklärte mir, wie die Spiegelbrillen funktionierten. Ich durfte sie ausprobieren.

»Solche werde ich mir auch anschaffen«, witzelte ich. »Dann kann ich auf dem Sofa liegen und gleichzeitig fernsehen.« Ich merkte, dass sich das auch blöd anhörte. Was hörte sich in diesem Moment nicht blöd an! »Wie ist das eigentlich passiert?«, fragte ich plötzlich. Im

Grunde hatte ich über den Unfall nicht sprechen wollen. Aber jetzt rutschte mir die Frage heraus.

»Ich hab keine Lust, das noch mal zu erklären«, antwortete sie.

»Hatte es was mit uns, mit dir und mir, zu tun?«

Sie schwieg lange und demonstrativ.

»Ich hab so viel darüber nachgedacht. Proffen und ich ...« Meine Stimme kippte. »Proffen und ich hatten trotz allem einiges gemeinsam, nicht wahr. War er wütend auf mich? Ich meine, weil ich hinter dir her war?«

»Nicht du warst hinter mir her. *Ich* war hinter dir her.«

Ich nickte, war aber genauso schlau wie vorher.

»Wollte er sich zu Tode fahren?«

»Was für eine Frage!«

»Wollte er das?«

Sie wurde rot. Der Schweiß brach ihr aus. Ihre Augen füllten sich mit Tränen. Aber ihre Stimme klang immer noch fest: »Bist du hierher gekommen, um mich mit idiotischen Fragen zu quälen?«

Trotz allem musste ich lachen. »Dein Temperament ist ja zum Glück noch das alte.«

»Worüber beklagst du dich also?«

Ich war mir nicht bewusst, dass ich so viel geklagt hatte, und verstummte wieder.

»Davon habe ich in letzter Zeit genug gehabt, das sage ich dir. Dass die Leute hier herumsitzen und jaulen. Sie wollen, dass ich mit ihnen Mitleid habe. Jetzt mag ich nicht mehr!«

»In Ordnung«, murmelte ich und trat ans Fenster. »Vollkommen in Ordnung.«

Nach einer Weile merkte ich, dass sie sich wieder beruhigt hatte. »Ich bin an dem Abend nicht mitgefahren, um dich zu linken«, sagte sie. »Ich bin mitgefahren, um Schluss zu machen! Musste schließlich klare Verhältnisse haben!«

Ich wartete lange darauf, dass sie weiterredete. »Und da war er wohl enttäuscht?«

»Er sagte, dann sei ja alles ganz egal.«

»Mmhh.«

»Und dann sind wir losgefahren.«

»Genau. Also meine Schuld. Macht sich an die Freundin seines besten Freundes ran. Kein Wunder, dass er eine Wut kriegte. Kein Wunder, dass er wie ein Wilder gefahren ist.« Ich merkte, dass meine Frühjahrserkältung immer noch nicht ganz vorbei war. Es rann aus Augen und Nase. Das Taschentuch hatte ich natürlich vergessen. Ich ließ es tropfen. »Wenn du wüsstest, wie schlecht es mir gegangen ist . . . Glaubst du, es ist toll, allein zurückzubleiben? Frank und frei, während Proffen . . . Während ihr . . .« Meine Stimme versagte.

»Dann fahr dich doch auch zu Tode!«

Ich begriff nicht ganz.

»Aber das willst du doch! Schnapp dir ein Auto und fahr ebenfalls zur Hölle!«

»Wie bitte?« Ich wich zurück, kapierte immer noch nicht, was sie meinte. »Aber Lissa!«

»Ich kann das Gejaule nicht mehr aushalten! Verstehst du das denn nicht? Ich hab genug! Geh weg!«

An der Tür versuchte ich es noch einmal. »Lissa, bitte. Versuch doch zu verstehen . . .«

Da schrie sie, mit dem bisschen Stimme, das sie hatte: »Hau ab! Verschwinde!«

Draußen auf der Straße war ich ganz schön wütend. Da kam ich, wollte nett sein, reden . . . Aber! Ich würde mich ihr nicht aufdrängen. Niemandem! Ich musste wohl alles für mich behalten!

Allmählich schob sich aber etwas anderes in den Vordergrund: der Anblick ihrer Hand auf der weißen Bettdecke. Vor einigen Wochen hatte ich heimlich auf genau diese Hand geschaut, die das Glas mit starkem, geschmeidigem Griff umfasst hielt. Jetzt hatte der Muskelschwund schon das Seine getan. Die Finger und das Handgelenk waren auf so merkwürdige Art nach innen gebogen. Ich hätte diese Hand anfassen, sie nur drücken, halten sollen. Aber irgendwas in mir hatte sich gegen das Teigige, das Kraftlose gewehrt.

In meinen Jackentaschen ballte ich die Hände zu Fäusten, spannte alle Muskeln an bis rauf in den Nacken, um gegen das Gefühl der Schwäche anzukämpfen.

9

Danach stürzte ich mich auf die Vorbereitungen für das Abitur. Das heißt nun nicht, dass mich die Arbeitswut gepackt hätte, das wäre übertrieben. Aber ich wusste nicht mehr, was ich abends anfangen sollte. Die Burgerbar reizte mich nicht länger. Ich hatte das Gefühl, dass alles verstummte, sobald ich mich irgendwo zeigte. Und die Alten hatten ein ernstes Wort mit mir geredet: »Hör zu, Leif! Die ewige Grübelei führt zu nichts! Konzentrier dich lieber auf deine Schulaufgaben! Dann vergisst du alles andere.«

So saß ich also Abend für Abend in meinem Zimmer und schwitzte. Die Bücher rochen nach Schule, Staub und Stille. Immer wieder fiel mein Kopf herunter und ich musste mich mühsam wieder wachkämpfen und alle meine Kräfte mobilisieren, um die Augen offen und den Blick auf dem Text zu halten.

Das war die reinste Tortur.

In der Schule schauten die Lehrer verwundert zu mir rüber. Lucky Bratsberg hielt den Mund und passte im Unterricht auf!

Viel schlauer wurde ich leider nicht. Eher das Gegenteil. Der Stoff wuchs mir über den Kopf und das, was ich begriffen zu haben glaubte, verschwand in einem Meer von Formeln, Kommaregeln und Jahreszahlen. Allmählich wurde mir auch klar, dass mein neuer Lebensstil zum Scheitern verurteilt war. Ich fühlte mich wie ein Hochspringer, der sich im Augenblick des Absprungs für eine andere Technik entschieden hatte. Und so was muss ja schief gehen.

Eines Abends hatte ich dann auch die Nase voll. Ich schmiss die Bücher an die Wand und ging auf eine Party.

Dort gab es Bier, so viel man wollte. Ich trank mir die Hucke voll, wollte einfach alles vergessen. Eine Weile war ich dann auch wieder ganz der Alte und brachte die Gesellschaft ein paar Mal ordentlich zum Lachen.

Plötzlich entdeckte ich über einer Stuhllehne einen Lockenkopf. »Proffen!«, rief ich glücklich. »Da bist du ja!«

Danach musste ich sofort raus. Ich übergab mich in der Auffahrt und trottete dann durch den Garten.

Eigentlich war es ja ein schöner Abend. Ein mildes Mailicht lag über dem blühenden Obstgarten. In einer Ecke entdeckte ich eine Bank, und nachdem ich mich vergewissert hatte, dass mich oben im Haus keiner vermisste, setzte ich mich hin und versuchte herauszufinden, ob ich wirklich verrückt geworden war.

Eine Stunde später war ich genauso schlau wie vorher. Außerdem fror ich und sehnte mich nach Gesellschaft.

Als ich wieder reinkam, war die Party bereits in die nächste Phase übergegangen. Fossens zukünftige Elite verkrümelte sich bei gedämpfter Musik in die Ecken, um zu knutschen.

Ich hatte Hunger und ging in die Küche. Dort

saß ein einziger Mensch und blies Trübsal. Ich kannte sie. Es war die Kleine. Die von der Autotour. Der Himmel mochte wissen, was sie hier zu suchen hatte. Zuerst versuchte ich eine Unterhaltung. Das ging aber ziemlich daneben. Dann aßen wir Brot mit Zervelatwurst und tranken Buttermilch direkt aus dem Karton. Und dann machte ich mich an sie ran. Ob wir uns nicht auch hinlegen sollten? Sie nickte nur.

Alle Liegen, Betten, Sofas und Liegestühle waren besetzt. Hemmungslos zogen wir von einem Zimmer zum anderen, rissen Bettdecken hoch, wurden mit Fußtritten traktiert und landeten endlich im Bad. Es hatte Fußbodenheizung. Und mit einer Steppdecke unter und einem Laken über uns versuchten wir uns das Leben so angenehm wie möglich zu machen.

Das war nicht ganz einfach. Ich hatte solche Kopfschmerzen, dass mir der Kopf zu zerspringen drohte. Und der Fußboden hatte eine Temperatur von 90 Grad Celsius. Der viel besprochene Liebesakt wurde deshalb eine ziemlich traurige Angelegenheit.

»Ich bin so entsetzlich müde«, murmelte ich zum Schluss und rollte mich auf den Rücken.

So blieben wir eine Weile liegen. Ich fühlte ihren Körper an meinem. Ihre Haut war wie Teig, klebrig und klamm. Und ihre Hand um meinen Hals schwer und leblos.

Plötzlich durchlebte ich wieder die Nacht auf der Kopstadhöhe. Ich hatte den Geruch nach verbranntem Fleisch in der Nase und sah Lissa totenbleich und regungslos vor mir.

»Ich muss weg«, würgte ich heraus, rappelte mich hoch und ging in die befreiende Kühle der Nacht hinaus.

An das schriftliche Abitur erinnere ich mich nicht mehr so genau. Nur, dass es furchtbar heiß war. Wir hockten in der Turnhalle und wurden von der Sonne gebraten. Ich schwitzte und schrieb, schrieb und schwitzte. Ich füllte Seite um Seite mit Zahlen und Rechenaufgaben oder philosophischen Überlegungen über die Weltsituation im Allgemeinen. Ich, der ich immer meine Ehre darangesetzt hatte, als Erster fertig zu werden, brauchte jetzt mehr Zeit als die anderen, und die Haufen Papier, die ich ablieferte, wirkten imponierend. Dass der Inhalt in gar keinem Verhältnis zum Umfang stand, das ahnte vermutlich nur ich. Am letzten Tag, als ich merkte, dass ich schon wieder den Kopf gehoben hatte, um nach Proffen Ausschau zu halten und zu sehen, wie er zurechtkam, wurde mir plötzlich klar, wie abhängig ich von ihm gewesen war. Nicht, dass wir mogelten und zusammenarbeiteten. Nur dass er dasaß und ich sah, dass er sich abrackerte ...

Und von da ab ging nichts mehr. Ich schaute auf den halb voll beschriebenen Bogen. Der alte Shakespeare hätte sich wie ein Propeller im Grab herumgedreht, wenn er gesehen hätte, was ich da ablieferte. Du brauchst einen Psychologen, sagte ich mir. So geht das nicht weiter.

Ich stand auf, gab alles bei der Aufsicht ab und ging hinaus in den Sommer und in die Ferien.

10

Es herrschte eine ziemlich gedrückte Stimmung in der Bude, als ich mein Abiturzeugnis vorlegte. Meine Mutter, die uns Rinderfilet mit Sauce béarnaise und Fritten spendiert hatte, sank auf einen Stuhl und saß mit offenem Mund da. Mein Vater, der zwar nicht so optimistisch gewesen war wie sie, bekam ebenfalls einen Schock.

Durchgefallen in Mathematik und Englisch und ansonsten sehr schlecht. Nur zwei Jahresdurchschnittsnoten waren besser geworden. Aber das lag sicher nur daran, dass ich in der letzten Zeit keine große Lippe mehr riskiert hatte und dass einzelne Lehrer Speichelleckerei honorierten.

»Und ich hatte gedacht, dass sich jetzt alles wieder einrenken würde, wo du so viel gearbeitet hast!«

»Das hat eben nicht geklappt«, murmelte ich. »Da war nichts zu machen. Sorry.«

»Zu schlechte Grundlage«, sagte der im tiefen Sessel. »Zu schlechte Vorarbeit. Es nützt eben nichts, vierzehn Tage vorher anzufangen zu büffeln und zu glauben, dass alles gut gehen wird. Hättest schon in der Mittelstufe anfangen sollen! Ich hab's ja gewusst. Ich hab's ja gewusst, dass es so enden musste. Na ja! Die Lektion hast du jetzt vielleicht wenigstens gelernt.«

»Ich bin eben ein Idiot«, sagte ich.

»Nein«, widersprach meine Mutter. »Du bist begabt. Aber du setzt deine Begabung nicht richtig ein.«

»Was soll ich überhaupt mit dem Abitur? Ich will ja kein Arzt werden!«

»Nein?« Mein Vater starrte mich an. Die Röte stieg ihm ins Gesicht. »Welchen Beruf hast du dir eigentlich gedacht?«

Mit der Frage hatte ich nicht gerechnet. »Tischler.« Das sagte ich eigentlich nur, um überhaupt etwas zu sagen. »Bauarbeiter.«

Ich merkte, dass ihn das im Innersten traf. Der Steuerbeamte, der nicht hatte studieren können, weil er Geld verdienen musste, sah die Zukunft seines Sohnes den Bach runtergehen. »Tischler wirst du nicht«, stieß er hervor. »Das packst du gar nicht.«

»Na gut«, sagte ich. »Was hältst du denn davon, wenn ich ... Konteradmiral werde?«

Meine Mutter sprang hoch und fuchtelte mit dem Löffel in der Luft herum, dass die Sauce nur so spritzte. »Ich will dir mal was sagen. Von jetzt ab wird das Leben ernst genommen! Jetzt ist aber Schluss mit den Kindereien!«

»Aber ich meine es doch ernst«, sagte ich. »Was habt ihr denn dagegen, wenn ich Konteradmiral werde?«

»Ich habe gar nichts dagegen, dass du eine militärische Laufbahn einschlagen willst«, sagte der ehemalige Vizekorporal. »Aber du musst doch die Kirche im Dorf lassen! Außerdem kommst du ohne Abitur gar nicht auf die Marine-Akademie.«

»Und was willst du in der Zwischenzeit anfangen?«

Meine Mutter klatschte das Essen auf die Teller. Die Feststimmung war endgültig im Eimer, aber alles sollte aufgegessen werden. »Wir können es uns nicht leisten, dich zu Haus herumhängen zu lassen. Jetzt suchst du dir einen Job und setzt dich wieder hinter die Bücher. Im Herbst versuchst du es noch einmal. Das, was du schaffen willst, das schaffst du auch.«

»Ganz recht«, sagte ich. »Ihr habt beide Recht. Oberleutnant reicht auch.«

Eine Weile sagte keiner von ihnen was. Ich wünschte mir, dass mein Vater aufstehen und mir eine saftige Gardinenpredigt halten würde, damit die Sache ausgestanden war. Aber er murmelte was davon, dass ich mich genau wie andere Leute an die Infanterie oder ans Festland halten könne.

»Oder vielleicht Pilot«, sagte ich.

Nach einer Woche mehr oder weniger halbherziger Versuche, einen Ferienjob zu finden, gab ich es auf. Da schaltete sich der Alte ein und besorgte mir für einen Monat eine Arbeit bei Ford. Aber ihm fiel der Unterkiefer runter, als er merkte, dass ich nicht allzu begeistert war.

»Hab im Moment nicht so viel für Autos übrig«, erklärte ich.

Er starrte mich an. »Warum hast du das nicht eher gesagt?«

»Es hat mich ja niemand gefragt.«

»Ja, aber ...« Er machte den Mund zu und dachte nach. »Du meinst ...«

»Ich hab von Autos die Schnauze voll. Nach dem Zirkus, den du in all den Jahren veranstaltet hast.«

»Ach.« Er war beinahe erleichtert. »Glaubte schon, es sei wegen dem Unfall. Aber die Arbeit ist doch nicht schwer. Vier Wochen müsstest du aushalten können.«

»Okay, okay«, murmelte ich schließlich. »Ich nehme den Job. Wollte ja bloß erklären, wie ich mich fühle.«

Zwischen uns trat Stille ein. Schließlich gab er sich einen Ruck. »Wir hätten vielleicht mehr miteinander reden sollen. Damit du es loswirst.«

»Versteh nicht, was du meinst«, sagte ich.

»Oder ... sollen wir uns mit einem Psychologen in Verbindung setzen?«

Eine Sekunde lang trafen sich unsere Blicke. In seinem lag sehr viel Wärme und Fürsorge. Aber ich war da noch nicht reif für die Heilsarmee.

Zwei Tage später betrat ich die Limonadenfabrik. Ein Bekannter von mir hatte einen Job als Ausfahrergehilfe bekommen und kriegte sich vor Begeisterung gar nicht ein. Vor allem der freie Zugang zu den Getränken hatte es ihm angetan.

Der Vorarbeiter musterte mich von oben bis unten. »Das ist keine Arbeit für Schwächlinge.«

»Prima«, sagte ich. »Arbeite auch nicht gern mit Waschlappen zusammen.«

Dann saß ich da. Thronte hoch über Fußgängern und Autofahrern. Der Fahrer, Kolderup, war Däne mit dichtem, rotem Haar und einer mächtigen Bierwampe unter dem T-Shirt. Er verbreitete einen Mief aus Schweiß und Zigarillos und quasselte in einer Tour. Ich sagte »ja« und »aha«, denn anfangs verstand ich immer nur Bahnhof.

Ich kam jedenfalls auf andere Gedanken. Das gute Wetter nach Mittsommer hatte zu einer Umsatzsteigerung geführt. Wir fuhren fast Tag und Nacht, rollten und hoben und schoben und wuchteten leere und volle Bier- und Brausekästen, bis meine Arme länger waren als die eines mittleren Affen. Und morgens taten mir die Knochen so weh, dass ich nur mit Müh und Not aus dem Bett kam.

Kolderup tröstete mich damit, dass es nur noch schlimmer werden würde. Ich musste lachen. Ich mochte den Kerl eigentlich ziemlich gern. Wir verstanden uns und es gefiel mir mit jedem Tag besser. Eigentlich war es ganz schön, in Trab zu sein. Die Zeit flog nur so davon und nachts schlief ich wie ein Stein. Und wenn ich etwas träumte, dann nicht von brennenden Autowracks und Menschen auf Bahren, sondern von Getränkewagen, die niemals leer wurden.

Nur ab und zu, wenn ich besonders langbeinige Mädchen auf der Straße sah, musste ich an Lissa denken und dass erst vor wenigen Wochen etwas Schreckliches passiert war.

»Im Augenblick sind die Mädchen wirklich zum Anbeißen«, sagte ich.

Kolderup nickte grinsend und stimmte aus vollem Herzen zu.

Eines Tages hatte ich mir etwas früher freigenommen und machte mir gerade an meinem Fahrrad zu schaffen, als ihr Vater kam, um den Commodore zu holen. Er kannte mich natürlich nicht. Ich war ja auch verschwitzt und verdreckt und mein Haar unter der Arbeitsmütze war zerzaust.

»Tag«, sagte ich.

Er nickte. Man soll mit dem Personal ja auf gutem Fuße stehen.

»Wie geht's Lissa?«, fuhr ich fort.

Da sah er mich genauer an. »Kennst du Lise Lotte?«

»Wir sind in dieselbe Klasse gegangen.« Ich hätte noch viel mehr sagen können, ließ es aber bleiben. Hier musste man taktvoll vorgehen. »Geht's ihr gut?«

Der geschäftsführende Direktor überlegte einen Augenblick, ob er sich ins Auto setzen und losfahren oder ob er antworten sollte. Er entschied sich für Letzteres. »Den Umständen entsprechend, ja.«

»Liegt sie immer noch im Streckverband?«

Er nickte.

»Das muss ja auf die Dauer ganz schön besch. . . schlimm sein.«

Er nickte wieder. »Ja natürlich. Und jetzt tritt das ein, was wir die ganze Zeit befürchtet haben. Dass ihre Freunde sich zurückziehen.« Er sah mich unvermittelt an und jetzt wusste ich, von wem sie ihren blauen Blick geerbt hatte. »Sie ist ziemlich verbittert. Es ist ihr anscheinend klar geworden, dass . . . sich viel verändert hat.«

»Sie kann trainieren«, sagte ich. »Darin sind die heutzutage unheimlich gut. Man darf bloß nicht aufgeben.« Ich spürte, dass ein wahrer Heiligenschein von mir ausging. Aber dann merkte ich, dass er begierig nach jedem tröstenden Strohhalm schnappte. »Das sagen wir ja auch immer. Anny und ich . . . meine Frau und ich . . .«

»Man muss Vertrauen haben«, sagte ich.

Dazu konnte er nur nicken. Der geschäftsführende Direktor der Limonadenfabrik nahm mich tatsächlich ernst! Wollte meine Meinung hören!

»Ich könnte sie ja besuchen. Aber nur, wenn sie es auch will.«

»Sehr schön. Darüber freut sie sich bestimmt. Von wem soll ich sie grüßen?«

»Von Lucky«, antwortete ich.

Da ging ihm offenbar ein Licht auf. »Ach, du bist das! Der viel besprochene Lucky!«

Ich wurde unsicher. »Gerüchte. Nichts als Gerüchte.«

Endlich lächelte er. »Wir haben ja eine Menge miteinander reden müssen. Und sie kommt immer wieder auf dich zurück. Sag bloß nicht, dass ich das gesagt habe. Das würde sie mir nie verzeihen . . .«

Die Büroangestellten hatten Feierabend. Sie gingen zu ihren Autos und warfen uns verstohlene Blicke zu. Wir standen ja da und unterhielten uns wie alte Bekannte. Das kümmerte mich nicht. Die konnten glotzen, so viel sie wollten. Für mich war nämlich Herr Holth-Nielsen nicht länger der allen überlegene Direktor, sondern ein ganz gewöhnlicher, besorgter Vater.

»Wie wär's mit Sonntag? Das würde uns ausgezeichnet passen. Wenn du uns an dem Nachmittag entlasten könntest . . . Wir waren das ganze Frühjahr noch kein Mal auf unserer Hütte.«

»In Ordnung«, sagte ich. »Aber geben Sie mir bitte Bescheid, wenn sie nicht will.« Dann fuhr er los. Ich stand da und hätte die ganze Welt umarmen können. Die Limonadenfabrik war das Beste, was mir passiert war. Plötzlich fühlte ich mich stark, durchtrainiert und fit wie ein Weltmeister, ich schwang mich aufs Fahrrad und fuhr sämtliche Hügel hoch, dass das Gummi nur so kreischte.

Sie hatten sie unter den Baldachin auf die Veranda hinausgerollt. Die Sonne strahlte von einem wolkenlosen Himmel. Kein Lüftchen rührte sich. Lissa schwitzte furchtbar. Ich kam direkt vom Badestrand, hatte aber meinen Beutel in der Garderobe gelassen.

»Wie war das Wasser?« Kaum war ich in ihr Blickfeld getreten, wusste sie es. »Dein Haar. Du hast gebadet.«

Ich machte eine Art Versuch, meine Locken zu kämmen. »Kalt«, antwortete ich. »Und wahnsinnig viele Quallen.«

»In Süßwasser? Dass ich nicht lache!« Dann wurde sie wieder ernst. »Ich hab tatsächlich gerade von salzigem Meerwasser mit zwanzig Grad geträumt.«

»Was willst du mit dem Skagerrak, wo du den Brekkestöstrand hast!«

Dann schwiegen wir. Ich zog einen Stuhl heran und setzte mich. Ein Stück entfernt, halb in der Sonne, hing ein alter Mann im Rollstuhl und jammerte. Ich sah ihn an und stand wieder auf.

»Der ist immer so«, sagte sie. »Kümmere dich nicht um ihn.«

Ich rollte ihn trotzdem sicherheitshalber in den Schatten. Aber er merkte den Unterschied wohl gar nicht.

»Dir ist heiß«, sagte ich. »Soll ich jemanden holen, der . . .«

»Nein.« Das kam wie aus der Pistole geschossen. »Lass das. Ich belästige sie schon genug.«

»Aber . . .«

»Ich hab das gern«, sagte sie. »Ab und zu friere ich ganz entsetzlich. Etwas Wärme macht mir nichts aus.«

Nach einer Weile fing ich an, ihr von meinem neuen Job zu erzählen. Die lustigen Vorfälle und Kolderups merkwürdige Formulierungen klangen zwar nicht so witzig, als ich sie wiederholte, aber sie lächelte geduldig.

Schließlich fragte sie: »Warum bist du nicht eher gekommen?«

»Du hast mich doch rausgeschmissen!«

Darüber dachte sie lange nach. »Du hast mich missverstanden.« Und nach einer Weile: »Vielleicht wolltest du mich missverstehen.«

»Jetzt bin ich doch hier«, versuchte ich es wieder.

Sie brachte eine winzige Bewegung mit dem Kopf zu Stande. Ich fasste das als eine Art Nicken auf.

»Außerdem haben dich ja so viele besucht . . .«

»Sie kamen, sahen und verschwanden«, sagte sie. »Genau wie du.«

Ich wurde sauer. Da hatte ich einen ganzen Badenachmittag geopfert und kriegte dann diese Salve ins Gesicht geschleudert! Aber der Ärger ging schnell vorüber.

»Das ist wohl der Lauf der Welt«, murmelte

ich. »Die meisten haben so viel am Hals. Genug mit sich selbst zu tun.«

»Früher hatte ich eine Menge Freunde. Dachte ich jedenfalls. Jetzt habe ich niemanden. Obwohl ich dasselbe Mädchen bin. Ganz und gar dasselbe. Kannst du mir sagen, warum das so sein muss? Warum liege ich hier, während ihr badet und euch amüsiert? Das ist nicht gerecht. Warum ist das so?«

»Gute Frage«, antwortete ich. »Wenn ich Philosophie studiert habe, werde ich dir darauf antworten.«

»Und du? Du sitzt ja bloß hier, weil mein Vater dich gebeten hat! Du bist sauer, weil du nicht am Strand bleiben konntest.«

»Nein«, sagte ich. »Das stimmt nicht, Lissa. Da irrst du dich.«

»Doch«, sagte sie. »Das stimmt wohl.«

Einen Moment lang packte mich wieder die Wut. Ich kam hierher, war froh und zufrieden, ahnte nichts Böses, wollte nur nett sein und dann ...

»Und du gehst hinterher nach Hause und hast das Gefühl, ein gutes Werk getan zu haben.«

»Ich kann auch gleich gehen«, sagte ich. »Wenn du es so haben willst.«

Sie gab keine Antwort.

»Soll ich gehen? Ich frag ja bloß. Ich meine, ich verstehe, dass du dir selber Leid tust. Aber deswegen brauchst du noch lange nicht andere zu beschimpfen.« Ich sah, dass es nicht nur

Schweißtropfen waren, die ihr über die Wange liefen. »Wenn du mich nicht brauchst, dann brauchst du mich eben nicht.«

»Seh ich so aus, als ob ich allein zurechtkäme?«

»Dann sag doch, was du willst.«

»Ich will ...« Sie musste mehrere Anläufe nehmen. »Ich will, dass ... dass du den Lappen, der auf meinem Nachttisch liegt, in eiskaltem Wasser auswringst und mir damit das Gesicht abwischst.«

Da sagte ich nicht Nein. Ich schoss hoch, tappte vorsichtig durch den Korridor, fand die richtige Tür und machte sie auf. Der Lappen lag nicht auf ihrem Nachttisch, wie sie gesagt hatte. Ich musste im Schrank suchen. Da lagen Becken, Klistiere, Windeln, Schläuche und Binden, Puderdosen und Salbentöpfe. Mir wurde ganz anders. Beim Sanitätsdienst hatte ich alles Mögliche gesehen, Druckbandagen auf pulsierende Blutungen gelegt, offene Brüche geschient, Zähne und Haarbüschel aufgeklaubt und Leute mit hysterischen Anfällen beruhigt. Aber Stuhl, Urin und Wunden vom Aufliegen, das gehörte in die Pflegeabteilungen, in die Altersheime, zu Alten und Kranken. Damit hatten wir nichts zu tun.

Als ich wieder rauskam, schwitzte ich bestimmt genauso stark wie sie. Denn wenn ich es mir recht überlegte, hatte ich wohl noch nie einem Menschen das Gesicht gewaschen.

Es ging überraschend gut. Aber ich konnte ihr weder in die Augen sehen noch auf die Stahlbügel an ihren Schläfen.

»Den Hals auch«, bat sie.

Ich wischte so weit runter, wie ich konnte und wagte.

Sie sah mich die ganze Zeit an, hellwach, als ob sie meine Reaktionen beobachtete. »Die Hände auch.«

»Die Hände?«, fragte ich dumm.

»Ja. Die Hände.«

Ich zögerte. Dann hob ich das Laken und tastete suchend darunter herum. Ich fand ihre rechte Hand. Ein glühend heißer Fleischklumpen. Ich spürte, dass überhaupt kein Leben darin war. Und die Haut war merkwürdig glatt und widerstandslos. Schließlich nahm ich die Hand hoch und fing an sie abzuwischen. Zuerst die Handfläche, dann den Handrücken und zum Schluss Finger für Finger.

»Herrlich.«

»Fühlst du das?«

»Nein. Das heißt, ich ahne es. Besser als nichts. Alles ist besser als nichts.«

Ich nickte, wollte eigentlich aufhören, konnte aber nicht, sondern fing noch einmal von vorne an.

Anschließend setzte ich mich auf die andere Seite und machte dasselbe mit der linken Hand. »Man kann trainieren«, sagte ich. »Es heißt, man kann unheimlich viel erreichen, wenn man nur will.«

»Die Hände. Am schlimmsten ist es mit den Händen. Die Beine kann ich vergessen. Von mir aus hätten sie die ruhig abschneiden können. Aber die Hände! Ich kann mich ja noch nicht mal in der Nase kratzen! Nein. Hör nicht auf!«

Ich hielt ihre Hand und strich wieder darüber. In dem Augenblick war ich richtig stolz auf mich, dass ich das geschafft hatte. »Im nächsten Sommer kommst du auch mit zum Baden«, sagte ich.

Sie brachte nur ein Kopfschütteln zu Stande. »Ich nicht.«

»Doch. Du.« Und als sie sich nicht überzeugen ließ: »Warum denn nicht?«

»Warum?«

Was sollte ich darauf sagen? Dass es am Strand von Krüppeln wimmelte? Dass Norwegen im Jahre 1987 und so weiter ... Die Leute müssten doch den Anblick von zwei abgemagerten Armen ertragen können!

»Wie viele Behinderte waren heute am Badestrand?«

»Keiner«, musste ich zugeben.

»Da siehst du's!«, sagte sie triumphierend. Diese Kunst beherrschte sie also auch noch.

Als ich sie gegen Abend verließ, hatten wir neue Besuche verabredet. Ich sollte aber nur einmal in der Woche kommen, es durfte ja nicht zur Gewohnheit werden! Und ich müsste ihr unbedingt Kassetten leihen und mich außerdem darauf einstellen, ihr laut vorzulesen, Krankengymnastik mit ihr zu machen und lange Verhöre über das Leben und Treiben in der Stadt über mich ergehen zu lassen.

Sie wollte mich natürlich testen. Wenn ich nicht wiederkam, war ich genauso leicht abzuschrecken und genauso uninteressiert, wie sie mich einschätzte. Wenn ich mich dagegen wieder blicken ließ . . .

»Da kannst du Gift drauf nehmen, Lissa!«, sagte ich so laut, dass die Leute sich auf der Straße nach mir umdrehten. »Ich komme ganz bestimmt.«

Und wieder überkam mich das Gefühl der Unbesiegbarkeit, dass ich unverwundbar war und stark genug alles zu schaffen, und ich ließ mir sehr viel Zeit auf dem Nachhauseweg, um dieses Gefühl so lange wie möglich zu genießen.

11

Es wurde ein schöner Sommer. Sonne und Regen wechselten sich in richtigem Verhältnis ab, zu Hause herrschte eine freundliche Atmosphäre und als Gehilfe machte ich mich so gut, dass sie mich behielten. Das Geld legte ich zum größten Teil auf mein Sparbuch. Ich leistete mir zwar neue Jeans und ein paar Hemden, führte aber ansonsten ein ruhiges und zurückgezogenes Leben.

Am meisten Geld ging im Grunde für Kassetten drauf. Lissa wollte sehr oft neue hören und ich ließ mich da auch nicht lange bitten.

Überhaupt erlebte ich an ihrem Bett meine besten Stunden. Wir konnten uns über alles unterhalten und allmählich wurde mein Respekt vor ihr immer größer. Sie wusste so viel und schaltete erheblich schneller als ich, ihr Gehirn war ein Computer, der die Antwort schon ausspuckte, noch ehe ich die Frage begriffen hatte.

Über Politik gingen unsere Meinungen manchmal weit auseinander. Sie hatte einen Rechtsdrall, war ziemlich liberal und gutherzig. Ich tendierte mehr nach links, dazu fühlte ich mich verpflichtet.

Glaube und Liebe waren ein Thema von eher unbestimmter Art und da fantasierten wir munter über Kosmos, Schicksal und unheilbare Einsamkeit der Seele.

Auf Zukunft und Ausbildung kamen wir natürlich auch zu sprechen. Ich versuchte ihr klarzumachen, dass ihr alle Möglichkeiten offen standen. Mit dem Kopf, den sie hatte, und der Entwicklung, die sich auf dem Gebiet der Hilfsmittel abzeichnete, und so weiter. Manchmal hatte ich das Gefühl, wie ein Politiker zu reden.

»Du darfst nicht aufgeben, Lissa.« Wenn ich das sagte, regte sie sich immer furchtbar auf und heulte vor Wut und Verzweiflung. Wir wussten ja beide, dass die Zukunft nicht allzu rosig aussah. Vor einem halben Jahr hatte sie sich entschlossen, sich um einen Platz an der Sporthochschule zu bewerben. Jetzt konnte sie vielleicht, wenn alles gut ging, mit einem Mundstäbchen einen Brief am PC schreiben. »Du kannst genau das werden, was du selber willst!«

»Dann beweis es mir doch!«, fauchte sie. »Morgen bringst du die Mathebücher mit.«

»Gut«, sagte ich. »So ist es richtig. Im Herbst machen wir das Abitur. Du und ich! Das schaffen wir mit links!«

Nur ein Thema war für uns tabu. Über den Unfall wollte sie nicht sprechen. Ich erfuhr zwar, was vorher passiert war, dass Proffen zu ihr gekommen war und um eine Erklärung gebeten hatte, ich erfuhr auch etwas darüber, wie sich das Gespräch gestaltet hatte. Aber was auf der Fahrt und oben auf der Anhöhe passiert war, darüber schwieg sie sich eisern und mit der ihr eigenen Sturheit aus.

»Ich will es aber wissen!«, sagte ich und sah sie drohend an. Aber das half bei ihr auch nichts.

Ende Juli konnten sie endlich den Streckverband entfernen. Der Bruch war gut zusammengewachsen und sie jubelte vor Übermut. »Endlich frei! Endlich kann ich mich ein bisschen bewegen!«

Aber bei meinem nächsten Besuch war ihr Übermut vergangen. Die Krankengymnastin war da gewesen, Lissa hatte Schmerzen im Nacken und war nach all der Gymnastik ganz erschöpft. »Aber das geht vorüber«, sagte sie mit fester Stimme. »Ich komm schon in Form. Verlass dich drauf.«

Und es ging auch langsam vorwärts. Ihre Stimmung besserte sich jedenfalls und an einem Samstag durfte sie endlich für einen kurzen Besuch nach Hause.

Ich kam ins Krankenhaus, um mit anzufassen. Ihr Vater hatte auf eigene Kosten den Rettungswagen bestellt und mit Gunders Hilfe schafften wir sie hinein.

»Kannst du nicht mitkommen?« Sie schaute zu mir hoch. »Ich freu mich nicht gerade auf diese Tour.«

»Wir erwarten aber einige Gäste ...«, bemerkte Holth-Nielsen.

»Darf ich nicht selbst entscheiden, wen ich bei mir haben möchte?«

Er gab sofort nach. »Aber natürlich, meine

Liebe. Ich dachte nur, dass es vielleicht zu viele Menschen auf einmal werden ...«

»Ich hab ja auch nicht zu Hause Bescheid gesagt«, murmelte ich.

Das nützte wenig. »Dann kommst du eben nach«, bestimmte sie. »Und bring ein paar Platten mit. Meine Anlage staubt vollkommen ein. Wollen wir nicht fahren? Mama wartet sicher. Hoffentlich gibt's Buletten.«

Dann waren sie weg. Mir graute vor dem Besuch. Ihre Leute waren sicher ein Haufen Snobs und um die mache ich instinktiv einen großen Bogen. Aber aus Lissas Blick sprach so etwas wie ein Hilferuf. Ich konnte mir ja gut vorstellen, wie das Ganze ablaufen würde: Lissa, umgeben von Tanten, die vor Mitleid weinten, von Onkeln, die höfliche Teilnahme zeigten, und rotznasigen Cousins, die dumme Fragen stellten. Lissa ertrug so was nicht mehr. Sie wollte die Kontrolle behalten und ein- und abschalten können, wie es ihr passte.

Anfangs lief es gar nicht so übel. Ich saß wie eine Eins am Kaffeetisch und ließ die anderen reden. Lissa lag, von Kissen gestützt, auf dem Sofa. Ihre Mutter rauchte und machte einen ziemlich gestressten Eindruck. Sie schaute mich mehrmals an, als ob sie etwas sagen wollte, verkniff es sich dann aber wieder. Das machte mich ganz schön nervös. Lissas Onkel und Tante, er im grauen Anzug und sie im Großgeblümten und mit viel zu viel Gold behängt, stritten sich darüber, ob die Regierung Brundtland einfach nur schlecht war oder ob sie sich nicht zu einer richtigen Katastrophe entwickelte. Die Cousins würden später kommen, die waren nämlich beim Segeln. Aber Großtante Gudrun war nicht zu übersehen und nicht zu überhören. Sie war unverheiratet, pensionierte Krankenschwester mit vierzigjähriger Berufserfahrung und erklärte, dass sie dem Mädchen gern die Windeln wechseln wollte, wenn es nötig wäre. Genau da blieb der Frau Direktor der Kuchen im Hals stecken.

»Und welche Pläne hast du, Leif?« Der Direktor wusste, wie man die Aufmerksamkeit ablenkte.

»Ministerpräsident werde ich jedenfalls nicht«, antwortete ich.

Der Witz kam offenbar gut an.

»Nein, eigentlich will ich Admiral werden.«

Da trat wieder Stille ein. Nur Lissa lächelte.

»Keine Sorge«, sagte ich. »War nur Spaß. Sie wissen ja wohl auch, dass in diesem Lande nur Olaf V. Admiral sein kann.«

Der Onkel, der im Krieg aufgewachsen war, ließ sich lang und breit über Verteidigungswillen und Idealismus aus. »Heute gibt es allzu viele junge Leute, die eine militärische Laufbahn anstreben und dabei nur an das Gehalt denken.«

»Stimmt«, sagte ich. »Zu denen gehöre ich auch.«

Lissa, drüben auf dem Sofa, kicherte noch mehr in sich hinein. Ausnahmsweise fühlte ich mich der Situation gewachsen.

»Aber … ohne Abitur …?« Frau Holth-Nielsen verriet, dass sie einiges über mich wusste.

Sie starrten mich an.

»Ich bin durchgefallen«, sagte ich schließlich. »Mit Pauken und Trompeten.«

Da fielen ihnen bestimmt mehrere Tonnen von der Seele.

»Das kann dem Besten passieren«, sagte der Onkel. »Aber wie ich höre, hast du ja Arbeit gefunden, und da ist ein höherer Abschluss vielleicht nicht so wichtig?«

Plötzlich hatte ich das Gefühl, dem Ersticken nahe zu sein. »Wenn Sie mitten in den Vorbereitungen fürs Abi die verbrannten Reste Ihres besten Freundes aus einem Autowrack hätten herauskratzen müssen, wären Ihre Leistungen in Englisch sicher auch nicht so großartig gewesen!«

Damit stand ich auf und ging auf die Terrasse. Am liebsten wäre ich abgehauen und nach Hause gegangen, aber irgendwie war ich noch nicht fertig.

Am Tisch erhob sich ein so genanntes verwirrtes Gemurmel. Lissa drehte den Kopf und sah mich an. Anny begann in fieberhafter Eile Tassen und Teller wegzuräumen. Nach einer Weile kam der Chef heraus. Er ließ sich viel Zeit, zündete eine von seinen dünnen Zigarren an und stellte sich neben mich.

Lange standen wir nur so da, schauten interessiert auf die Stadt hinunter und taten, als ob gar nichts wäre.

»Solche Unfälle hinterlassen wirklich ihre Spuren«, bemerkte er.

»So kann man es auch ausdrücken«, sagte ich.

»Du sollst wissen, dass Anny und ich dir ungeheuer dankbar sind für das, was du für Lise Lotte tust.«

Das verschlug mir die Sprache.

»Wenn du möchtest, bezahlen wir dich gern dafür, dass du dich mit ihr aufs Abitur vorbereitest.«

»Nein danke«, sagte ich. »So was tu ich nicht für Geld.«

»Dann darf ich dir vielleicht eine Stelle an der Abfüllmaschine anbieten? Wir wechseln gerade die Belegschaft aus.«

»Nein«, sagte ich. »Das heißt, ich hätte den Job natürlich gern. Aber ... da ist noch etwas anderes ...«

Die Großtante war auf dem Weg nach draußen. Er fasste mich am Ellbogen und führte mich in den Garten. Einen Augenblick später standen wir auf dem gepflegten Rasen unter dem Kirschbaum, wo die Dunkelheit dichter war. Vielleicht war das der Grund, dass ich es schließlich zu sagen wagte: »Lassen Sie Per Olaf in Frieden. Ich hab gehört, dass Sie gerichtlich gegen ihn vorgehen wollen.«

»Und wer hat dir das erzählt?«

»Irgendjemand«, antwortete ich. »Muss das sein?«

Er schwieg lange. Eine Grille zirpte in unregelmäßigen Abständen in der Hecke. Von der Stadt her waren kreischende Autoreifen und johlende Rufe zu hören.

»Du bist falsch informiert.«

»Glaub ich nicht«, sagte ich.

»In solchen Fällen sollte man immer einen Rechtsanwalt einschalten«, sagte er. »Die Versicherungen verhandeln am liebsten mit Fachleuten. Und in unserem Fall geht es ja schließlich um Lise Lottes Zukunft. Aber zu einem Gerichtsverfahren kommt es nicht, wenn alles nach Plan geht.«

»Erstens«, sagte ich, »handelt es sich nur um *eine* Versicherung. Zweitens bin ich der Meinung, dass Sie aus Jörgensen kein Geld herausquetschen sollten. Sie haben mehr Kohle, als er jemals haben wird. Und drittens sollte nicht der Eindruck entstehen, dass Proffen ein Raser war. Das war er nämlich nicht!«

»Das habe ich ja auch gar nicht gesagt ...«

»Das war er nicht, sage ich!«

Holth-Nielsen war immer noch ruhig, nur die Kiefer traten vielleicht etwas stärker hervor. »Niemand kann Per Olaf das Leben zurückgeben. Lise Lotte wird ihre Bewegungsfähigkeit fürs Erste nicht wiederbekommen. Aber sie soll ja trotzdem weiterleben. Wir fordern ein Schmerzensgeld von zwei Millionen Kronen. Nicht von seiner Familie, sondern von der Versicherung!«

Dann legte er mir einen Arm um die Schulter und sah mich durchdringend an. »Gönnst du ihr das Geld denn nicht? Ist das etwa zu viel? Bist du wirklich dieser Meinung?«

»Ach Scheiße!«, fauchte ich und riss mich los. »Es ist nicht das Geld. Es ist die Art und Weise!« Dann drehte ich mich um und ging.

Mein Vater war beim Autowaschen. Er stand in Shorts und Gummistiefeln da und spritzte den Schlitten ab. Dabei pfiff er irgendeinen alten Schlager vor sich hin. Er zuckte erschrocken zusammen, als ich hinter ihm auftauchte.

»Schon wieder da?« Und nachdem er mich genauer beäugt hatte: »Stimmt was nicht?«

»Aber ja«, antwortete ich. »Es ist alles so, wie es sein soll.«

»Hast also, mit anderen Worten, das Maul zu weit aufgerissen. Bist, mit anderen Worten, dem Chef auf die Zehen gestiegen.«

»So nah bin ich ihm leider nicht gekommen.«

Er presste den Schlauch zusammen und ließ mich vorbei. Ich wollte eigentlich auf mein Zimmer, hockte mich dann aber auf die Treppe.

Er ließ sich weiß Gott Zeit. Erst stellte er das Wasser ab, dann rieb er das Auto trocken und dann musste er sich auch noch das Hemd anziehen, ehe er sich endlich hinsetzte. Dann die Frage: »Was ist passiert?«

Typisch Vater. Direkt drauflos. Von Feingefühl keine Spur.

»Ich hab so eine Stinkwut gekriegt. Diese Leute kapieren nichts. Die haben nur Geld im Kopf. Geld. Geld.«

Dazu sagte er nichts, sondern wartete ab, wollte mich wohl zwingen weiterzureden.

»Jetzt wollen sie Proffen schlecht machen! Als ob er nicht schon schlimm genug dran ist! Dass er die Schuld daran hat, dass Lissa ... erledigt ist. Und so weiter. Es ist eine Sache, was sie denken und glauben, aber eine andere, es öffentlich zu sagen.«

Allmählich begriff er, wovon ich redete. »Du meinst das Schmerzensgeld? Ach ja. Das musst du verstehen, Leif. Wenn die Versicherung beweisen kann, dass Lise Lotte eine Mitschuld trifft ...«

»Was faselst du da eigentlich?«

»Wenn sie zum Beispiel vorher zusammen getrunken haben. Oder sie ihn aufgestachelt hat, ihn dazu angetrieben, zu schnell zu fahren ...«

»Was redest du für einen Quatsch?« Ich war aufgesprungen und stand über ihm. »Muss man ständig herausfinden, ›wer Schuld hat‹?«

»Das ist die Wirklichkeit, mein Junge. Das sind die bitteren Realitäten des Lebens. Wenn sie mitschuldig ist, wird nämlich ihr Schmerzensgeld gekürzt.«

»Dann hab ich eben die Schuld!« Ich schrie fast. »Gib mir doch die Schuld! Ist das okay?«

»Du warst doch gar nicht dabei, Leif.«

»Dann eben dem Straßenbauamt! Der Kommune, die nicht gestreut hat! Dem Verkehrsminister! Dem König! Dem Papst!«

Ich sah, dass es ihm unangenehm wurde. Aber ich drosch weiter drauflos. »Du hast doch von solchen Sachen keine Ahnung, verdammt noch mal. Du hast doch keine Ahnung, wie es mir geht, verdammt noch mal!«

»Mehr, als du glaubst«, sagte er leise.

»Du? Ein verfluchter Autonarr! Du hast die Schuld! Dass du überhaupt Auto fährst. Einer, der sich und alle anderen glauben machen will, dass, wenn wir nur safe genug fahren . . . Wenn nicht einmal Proffen es geschafft hat, wer soll denn da überleben? Du hast doch überhaupt keine Ahnung! Halt bloß die Schnauze!«

Da packte er mich endlich. Zum ersten Mal seit ewigen Zeiten packte er mich mit beiden Händen und zog mich heftig zu sich runter. »Jetzt hörst du mir mal gut zu!«

Da wurde mir dann doch etwas anders. Der Büroangestellte war stärker, als ich gedacht hatte. Ich überlegte, ob ich zu weit gegangen war und wirklich Prügel kriegen würde. »Lass mich los!«, stöhnte ich.

Aber er zog mein Gesicht nur noch näher an

seins und schaute mich mit blutunterlaufenen Augen an. »Nein, das werde ich nicht tun. Jetzt will ich dir mal was erzählen.«

»Hör auf!« Ich stöhnte wieder. »Lass mich in Ruhe. Ich mag nichts mehr hören!«

»Das wirst du aber, verdammt noch mal! Im Herbst 65, lange ehe du überhaupt geplant warst, waren wir unterwegs durch Österdal. Mit zwei voll besetzten Autos. Wollten zu einem Treffen. Perry fuhr voran in einem roten Skoda . . .«

Plötzlich war seine Wut verraucht. Der Griff, der meine Jacke hielt, lockerte sich. Er saß da und starrte vor sich hin. »Perry in dem roten Octavian . . . Und die Straßen waren spiegelglatt.«

Ich hätte mir das gern erspart. Trotzdem setzte ich mich wieder hin.

»Ich wusste ja, dass Perry ein erregbarer Typ war. Leicht auf hundertachtzig. Alle wussten das. Ich fuhr ganz dicht hinter ihm her und hupte und blinkte. Es waren ja nur wir auf der Straße. Dann kamen wir zu einer langen geraden Strecke. Plötzlich gab er Gas und raste davon. Aus irgendeinem Grund hängte ich mich nicht an . . .«

Er schwieg. Aus seiner kurzen Nase tropfte irgendwas.

»Komm du mir nicht damit, dass ich nicht verstehe, wie dir zu Mute ist.«

»Ehrlich, Papa«, sagte ich schließlich. »Die Geschichte kenne ich nicht.«

Da erzählte er alles. Auf seine vertraute, langsame und umständliche Art berichtete er, wie ein Ungetüm von Fernlaster, der mit Baumstämmen voll beladen war, über die Anhöhe gekommen war. Der Fahrer hatte die Kontrolle über sein Fahrzeug verloren, der Anhänger rutschte nach vorn, an dem Sattelschlepper vorbei, blockierte die Straße in ihrer ganzen Breite und schleuderte Perry und die anderen in die Ewigkeit.

»Es war, als ob das Auto einfach explodierte. Und als wir unseren Wagen endlich zum Stehen gebracht hatten und als ich ausstieg und mich bückte, um etwas aufzuheben, was auf der Straße lag, war das ein Fuß, an dem immer noch der Schuh saß.«

»Hör auf, Papa«, bat ich. »Wir reden von was anderem. Vergiss die Sache!«

»Ja«, sagte er. »So machen wir das immer. Reden immer von was anderem. Aber – jetzt habe ich dir das jedenfalls erzählt. Endlich.«

Dann saßen wir im Dunkeln nur so da und sagten gar nichts. Plötzlich schnäuzte er sich und wollte etwas sagen, brachte aber kein Wort heraus. Er wirkte alt und mutlos und ich hätte ihm fast den Arm um die Schulter gelegt.

In jener Nacht schlief ich schlecht. Wenn ich endlich wegtauchte, träumte ich, dass ich auf dem Rücksitz von einer Seite zur anderen geworfen wurde, dass ich Proffen antrieb, ihn anstachelte und dass er protestierte, wütend wurde und wir immer schneller und schneller fuhren …

Ich fand meinen Alten auf dem Sofa. Er hatte das Licht angemacht und saß mit einer Flasche Bier da. Ich schlich mich vorsichtig in seine Nähe und nippte an meinem Glas Milch, während ich auf eine Erklärung wartete. Schließlich war ich derjenige, der die Initiative ergreifen musste: »Soll ich dir mal was sagen, Papa? Manchmal hab ich große Lust, mich auch totzufahren.«

»Aber Leif!« Seine Stimme klang belegt. »Sag doch so was nicht!«

»Was soll denn das Ganze? Was ist denn der Sinn der Sache? Soll ich mein ganzes Leben lang Flaschen schleppen? In diesem Loch von Stadt rumlaufen und den Idioten spielen?«

Er schwieg lange. »Mama und ich sind jedenfalls froh, dass du immer noch bei uns bist«, kam dann endlich.

Das verschlug mir die Sprache. Und es wurde auch nicht besser, als er sagte: »Begreifst du denn nicht, dass wir dich lieb haben, Leif! Wir brauchen dich.«

Starke Worte. Ich konnte natürlich nicht darauf antworten, konnte einfach nichts sagen, die Worte blieben mir im Hals stecken.

Aber jetzt weiß ich, dass ich es dieser Nacht, dieser Nähe zu meinem Vater zu verdanken habe, dass ich einigermaßen heil durch die nächsten Wochen und Monate kam.

12

Denn das Verhältnis zu Lissa wurde immer komplizierter. Den einen Tag strahlte sie übers ganze Gesicht, sobald sie mich nur sah. Beim nächsten Mal schimpfte sie mich in Grund und Boden. Ich sollte mich nicht mehr blicken lassen! Für immer verschwinden!

Mit der Zeit kam ich dahinter, dass es ihrer Familie auch nicht viel besser ging. Das war allerdings ein schwacher Trost. Aber allmählich wurde mir auch klar, dass es, milde ausgedrückt, einfach entsetzlich sein musste, nur so dazuliegen.

Ich probierte es sogar einmal selbst aus! Nach einem ihrer schwärzesten Ausbrüche legte ich mich eines Abends auf mein Bett und rührte keinen Finger. Auf dem Nachttisch tickte der Wecker. Die erste Minute ging's gut. Dann fing es an zu kribbeln. Dann juckte das halbe Bein. Dann die Knie, der Rücken, die Hände, bis der ganze Körper einem wimmelnden Ameisenhaufen glich. Da hielt ich es einfach nicht mehr aus und warf mich herum. Fünf Minuten und zwanzig Sekunden waren vergangen.

Trotzdem konnte ich ihr sagen, dass ich zumindest eine Ahnung davon hatte, wie es ihr gehen musste.

Sie befand sich da gerade in einem Zustand der Gleichgültigkeit und murmelte nur, dass sie das stark bezweifelte. Ja, eigentlich glaube sie nicht, dass ich mich überhaupt in ihre Situation hineinversetzen konnte.

»Ich versuche es aber«, sagte ich.

»Warum?«

»Warum ... warum«, sagte ich. »Reicht es nicht, dass ich hier bin?«

»Nein. Ich muss wissen, warum du hier bist. Was willst du damit erreichen?«

»Das Abitur«, antwortete ich. »Wir wollen doch zusammen dafür arbeiten.«

Da schaute sie mich nur lange an. Und dann erfuhr ich, dass ihre Eltern von diesem Plan inzwischen nicht mehr allzu viel hielten. Sie meinten, dass es damit keine Eile habe, sie hätte ja Zeit genug und außerdem sei es gar nicht gut, wenn sie sich jetzt zu sehr anstrenge. »Sie wollen mich nach Hause holen«, sagte sie. »Sie wollen einen Teil des Hauses für mich einrichten.«

»Freust du dich denn nicht darüber?« Ich begriff das Problem nicht ganz.

»Die bringen mich mit ihrer Fürsorge um. Kapierst du das nicht? Ich sterbe, wenn ich nach Hause ziehe!«

»Das ist ja wohl leicht übertrieben«, sagte ich. Aber gleichzeitig wusste ich, dass genau das passieren würde, wenn sie weiter nur im Bett liegen blieb.

»Ich muss weg«, sagte sie. »Verschwinden. Abhauen.«

Da konnte ich es mir nicht verkneifen. »Bitte sehr«, sagte ich und zeigte galant auf die Tür zur

Welt. »Du brauchst nur aufzustehen und zu gehen.«

Sie fing wieder an zu heulen. Diesmal hörte sie auch nicht auf. Sie weinte anders als sonst, verzweifelter, leiser, als ob sie vollkommen aufgegeben hätte.

Ich holte die Bücher hervor und fing an vorzulesen. Aber sie hörte nicht zu. Ich erzählte ihr von einer gemeinsamen Freundin, die ich in der Stadt getroffen hatte. Aber sie behauptete, keine Freunde zu haben. Ich redete über die Situation im Allgemeinen. Aber sie bat mich mit dem Geschwätz aufzuhören.

Zum Schluss wurde ich sauer. Ich stand auf, schaute sie streng an und sagte ihr direkt ins Gesicht: »Wenn du nicht aufhörst zu flennen, gehe ich!«

Da bewegte sie den Kopf Richtung Tür: »Bitte sehr. Du brauchst nur aufzustehen und zu gehen.«

Eine Woche später sprach mich der Chef an. Er war matter, gebeugter und unsicherer geworden. »Sie möchte, dass du wieder kommst«, sagte er. »Es geht ja um die Vorbereitungen . . .«

»Verstehe«, sagte ich.

»Zum Abitur.«

»Genau.«

»Schafft ihr das?«

»Yes, Sir«, antwortete ich. »Mit links. Jedenfalls Lissa. Es gibt nicht viele, die so viel im Kopf haben wie sie.«

Wir standen draußen vor der Abfüllhalle. Die tief stehende Abendsonne vergoldete das Wellblechdach. Der Geruch von Rasierwasser und Zigarren wehte zu mir herüber.

»Sie muss aber auch selber denken, selber was entscheiden dürfen. Ist ja schließlich ein erwachsenes Mädchen. Erwachsener als die meisten.«

Dazu nickte er nur. Nach einer Weile sagte er: »Du musst wissen, Anny und ich rechnen dir das hoch an. Dass du dich kümmerst.« Damit drehte er sich um und ging.

»Wenn Sie auf diese Tour weitermachen, laufe ich noch zu den Rechten über«, rief ich ihm nach. Aber das hörte er wahrscheinlich nicht. Ich warf meinen Beutel mit Schwung über die Schulter und ging zum Fahrradständer.

In Fossen gab es tatsächlich eine Bibliothek. Und da stand ich eines Tages, im zweiten Stock im Rathaus, und bat um Hilfe. Die Angestellten kannten mich zwar nicht, waren aber unwahrscheinlich hilfsbereit. Sie besorgten mir fast mehr Material, als mir lieb war. Ich wollte nämlich unbedingt so viel wie möglich darüber in Erfahrung bringen, was Lissa eigentlich fehlte. Aber der Haufen Lesestoff, den sie mir auf den Tisch legten, war nicht sonderlich anregend, weder was den Inhalt noch was den Umfang betraf.

Ich blätterte in Büchern, die detaillierte Beschreibungen von Verkehrsunfällen, Bilder mit verstümmelten Menschen, Autowracks und Blutflecken auf Asphalt enthielten. Ich fand krasse Angriffe gegen den Wohlfahrtsstaat, der behinderte Jugendliche einfach in Anstalten und Altersheime abschob. Ich las über Wunden, die durchs Liegen entstehen, und über schlechten Blutkreislauf, über die Gefahr der Infektion der Harnwege und wie man lernen konnte, Darm und Blase regelmäßig zu entleeren. Aber als es um die große Frage ging, wie sie ihre Bewegungsfähigkeit wiedererlangen sollte, sah es düster aus.

Die intensive Beschäftigung mit dem Stoff ging offenbar nicht spurlos an mir vorüber. Oft lag sie nur da und starrte mich an. Und ich wusste nicht, was ich machen sollte. Ich trat ans Fenster, fummelte mit den Kassetten herum oder konzentrierte mich wieder auf die Steigerungsformen der Adjektive.

»Was ist los?«, fragte sie eines Abends.

»Was soll denn los sein?« Ich versuchte den Ahnungslosen zu spielen.

»Du hast ja deine gute Laune ganz verloren.«

»Entschuldige«, murmelte ich. »Tut mir Leid, dass ich nicht Tag und Nacht den Clown spielen kann.«

»Das verlang ich ja auch nicht. Ich hab dich nicht darum gebeten, den Hanswurst zu spielen!

Hab nur gedacht, dass du vielleicht darüber reden wolltest? Aber wenn du nicht willst ...«

Nach einer Weile rückte ich etwas näher. »Ich frag mich nur, wie es mit dir weitergehen wird.«

»Darüber mach dir bitte keine Sorgen«, antwortete sie. »Es reicht, dass ich es tue. Ich komme schon in Ordnung, Lucky. Ganz sicher.«

»Sagen sie dir alles?«

»Genug.«

Ich verstummte wieder. Hatte keine Ahnung, was ich als Nächstes sagen sollte. »Dass du vielleicht nie wieder gesund werden wirst?«

»Ich bin gesund.«

»Ja, aber ...«

»Halt den Mund, Lucky. Bitte. Mir fehlt nichts.«

Ich nahm wieder ihre Hand in meine. Sie wirkte nicht mehr so fremd. Ich wartete, hoffte auf Gegendruck. Aber sie war genauso weich und kraftlos wie immer.

Sie schien meine Gedanken zu lesen. »Das wird schon, das wird schon! Glauben die Ärzte jedenfalls. Früher oder später ... da muss ja was passieren.« Und mit ernstem Gesicht: »Du brauchst dich nicht mit mir zu beschäftigen.«

Aber genau das wollte ich. Ich hob ihren Unterarm hoch und sagte: »Ich lass jetzt los und du hältst die Hand oben!«

Sie machte ein merkwürdiges Gesicht. Dann konzentrierte sie sich. Aber die Hand fiel runter.

»Noch einmal!«

Wir versuchten es immer wieder. Sie konzentrierte sich, starrte auf die eingefallene Hand, schwitzte und stöhnte. Aber es nützte nichts. Es kam keine Reaktion. Nichts.

»Das wird schon werden«, tröstete ich.

»Ja«, sagte sie. »Ganz bestimmt.« Aber sie drehte das Gesicht weg und wollte nicht zeigen, dass sie verzweifelt war.

»Eines Tages bringen wir das in Ordnung«, sagte ich mit fester Stimme und griff wieder nach den Büchern.

13

Ich gehöre nicht zu denen, die sich auf Examen freuen. Nicht, dass ich Angst gehabt hätte, durchzufallen, nein, dieses Mal nicht. Denn so viel Selbstvertrauen hatte ich dann doch, dass ich damit rechnete, zu bestehen. Nein, viel mehr beunruhigte mich, dass die Abiturvorbereitungen mir den einzigen konkreten Vorwand lieferten, Lissa zu sehen.

Eines Abends, als der erste Herbststurm ums Haus heulte, fand ich es an der Zeit, die Sache anzusprechen. »Und was machen wir danach?«

»Danach?«

»Nach dem Abitur. Ich meine ... Wenn du keine Hilfe bei den Vorbereitungen mehr brauchst.«

»Du meinst, du musst einen Grund haben, mich zu besuchen?«

Ich überlegte kurz und nickte schließlich. »Ja, so ähnlich.«

Da schwieg sie lange. »Und wenn ich mich nun einfach darüber freue, dass du hier bist?«

Da wurde mir sonderbar warm.

»Aber wenn dir das nichts bedeutet ...«

»Doch«, sagte ich schnell. »Ist doch klar.« Kurz darauf musste ich jedoch hinzufügen: »Aber früher oder später muss ja was passieren, nicht wahr?«

»Ja«, sagte sie. »Das hoffe ich doch stark.« Und dann lächelte sie über das ganze Gesicht.

Das Abitur verlief deshalb ganz anders, als ich es mir vorgestellt hatte. Die äußeren Umstände waren zwar unverändert: schläfrige Rentner, die vorn die Aufsicht führten, eine tief stehende Sonne, die durchs Fenster hereinschien, und Bleistifte, die ständig abbrachen. Aber in meinem Bauch prickelte etwas anderes und Besseres als Examensaufregung. Während ich über der Matheaufgabe saß, erkannte ich, was mit mir los war: Ich war verliebt. Es hatte keinen Sinn, sich noch länger etwas vorzumachen. Sie hatte gesagt, dass sie sich darüber freute, mich bei sich zu haben! Das genügte also schon. Und dann natürlich ihr Lächeln.

Ich hob den Kopf, um nach ihr Ausschau zu halten. Aber sie war nicht da. Sie bekam auf Kosten der Allgemeinheit eine Sonderbehandlung. Eigenes Zimmer im Krankenhaus, eigene Aufsicht, eigenes Tonband, auf das sie die Antworten diktieren konnte, und eigene Stenotypistin, die sie niederschrieb.

Vielleicht wäre diese Regelung auch etwas für mich gewesen. Ich war nämlich genauso unkonzentriert, unruhig und durcheinander gewesen.

Aber an Per Olaf, der all dieser Glückseligkeit einmal im Weg gestanden hatte, verschwendete ich keinen einzigen Gedanken.

Erst als ich die Aufsatzthemen vor mir liegen hatte. Die ersten waren nicht gerade schlecht, aber langweilig. Über das neue Interesse für die EG, über Glasnost und ›Was halten Sie von folgender Aussage . . .‹ Dann kam ein Gedicht von Rolf Jacobsen. Ich wusste nicht viel über ihn, hatte wohl mal ein Foto von ihm in der Zeitung gesehen, das war auch alles. Aber sein Gedicht ergriff mich ungeheuer. »Plötzlich, im Dezember«, hieß es und handelte sicher von ihm selbst, wie er am Grab seiner Frau steht. Und je öfter ich es las, desto besser verstand ich es. Jedes Wort bekam eine Bedeutung, einen Sinn. Jeder Gedanke drückte das aus, was ich selbst erlebt hatte.

›Und jetzt liegen sie hier. Die Tage, die Sommernächte, die Trauben in Valladolid, die Sonnenuntergänge in Nemi – unter dem Schnee. Unter dem braunen Kranz.‹

Plötzlich sah ich Proffen vor mir. Er hockte vorm Feuer und blies in die Glut, über der die Forellen schwitzten. Oder er zeigte in der Abendsonne triumphierend eine Hand voller Murmeln. Proffen und ich. Ich und Proffen.

Ich schob alles andere beiseite und begann so: ›Und nun liegen sie hier. Alle Sommertage, die Kieselsteine im Bach, der Sonnenuntergang über den Murmeln der Kindheit.‹

Es dauerte sehr lange, bis ich es wagte, ihr von dem Aufsatz zu erzählen. Solche Themen waren ja nicht gerade meine Stärke und womöglich saß der Lehrer jetzt da und lachte sich auf meine Kosten scheckig.

Aber dann las ich ihr den Aufsatz doch vor. Zuerst stotterte und stammelte ich und wollte ihn weglegen. Aber sie wollte unbedingt mehr hören.

»Der handelt davon, allein zurückzubleiben«, sagte ich, als ich fertig war.

Sie schaute mich nur an. Lächelte kaum. Ich merkte, dass er ihr nicht gefiel. Aber ich hatte ja auch vorgelesen wie ein Analphabet. »Sorry«, sagte ich. »Das war scheußlich.«

»Der Aufsatz ist gut«, sagte sie. »Du bekommst bestimmt eine gute Note.«

Darüber freute ich mich. Aber sie war immer noch so ernst und ich versuchte es mit einem kleinen Witz: »Hast du vielleicht Angst, dass ich besser abschneide als du?«

»Nein«, antwortete sie. »Es ist nur ... Ich habe einen Platz bekommen. Im Unfallkrankenhaus.«

Darauf hatte sie gewartet. »Prima«, sagte ich. »Ganz toll. Die Leute da können bestimmt Wunder vollbringen.«

»Und du bist nicht traurig? Weil ich wegfahre?«

»Spinnst du? Natürlich musst du dahin!«

»Bist du sicher, dass du ohne mich auskommst?«

»Aber natürlich«, beteuerte ich. Aber ich wusste ja, dass ich sie vermissen würde. Um es mal milde auszudrücken.

»Aber dann«, sagte sie, »dann haben wir ja wirklich was zu feiern. Abitur, Unfallkrankenhaus, deine neue Arbeit und ...«

Der Gedanke munterte mich auf. »Wir gehen ins Grand-Hotel«, sagte ich. »Ich führe dich in den Palmengarten.«

Wir mussten lachen. »Ich bin mir übrigens nicht sicher«, fügte ich hinzu, »wer von uns als Erster rausgeschmissen wird!«

»Vergiss es«, sagte sie und lächelte geheimnisvoll. »Ich hab nämlich eine viel bessere Idee.«

14

Der Landsitz war eines Direktors absolut würdig. Eine Ansammlung von Häusern und Hütten duckte sich zwischen den Klippen am äußersten Ende von Eftangland und die Terrasse hatte die Größe eines mittleren Fußballplatzes und Aussicht auf das Meer.

Wir schafften Lissa und die Sachen, die sie brauchte, ins Haus. Im Kamin brannte Feuer und im Wohnzimmer war es warm und gemütlich. Die Wände waren voller Kunst, Bücher, Messing, alter Waffen. Kiefernmöbel, Büffelhäute, Eichenparkett. Ein Bootshaus war das weiß Gott nicht.

»Schön hier«, sagte ich.

Der Chef nickte. Er erzählte, dass sie das Haus seit acht Jahren hätten und es ihnen immer mehr ans Herz wachse und dass es natürlich herrlich sei, hierher fahren zu können, wenn die Welt einem allzu übel mitspielte.

»Dann sind Sie wohl nicht sehr oft hier?«

»Doch«, antwortete er. »Das bin ich.« Er schaute uns an, erst den einen, dann den anderen.

»Tschüss«, sagte Lissa.

Aber er wollte noch nicht gehen. »Seid ihr sicher, dass ihr auch alles habt, was ihr braucht?«

»Ja.«

»Sicher, dass ich . . . dass er . . . dass du . . .«

»Ich bin in guten Händen, Papa. Außerdem können wir ja wohl damit rechnen, dass du morgen ziemlich früh hier auftauchst? Um dich zu vergewissern, dass ich nicht abgehauen bin?«

Er versuchte zu lächeln. »Wir wollen doch nur dein Bestes.«

Sicherheitshalber kontrollierte er noch das Telefon und den Fernseher und schaute im Kühlschrank nach, ob genug Essen drin war. Und nachdem er mir ans Herz gelegt hatte auf dem Sofa zu schlafen, ›um in der Nähe zu sein‹, ließ er uns widerstrebend allein.

Eine Stunde später stand ihr Bett draußen auf der Terrasse. Ich hatte protestiert, weil ich meinte, es sei zu kalt. Aber sie bestand darauf. Nachdem ich uns in Daunen und Decken eingepackt hatte und der Wärmestrahler glühte, konnten wir in der Dämmerung draußen sitzen und aufs Meer hinausschauen.

»Eltern sind komisch«, sagte sie. »Mama war furchtbar nervös! Konnte sich irgendwie gar nicht vorstellen, dass du in der Lage bist, für mich zu sorgen.«

»Vielleicht hat sie genau davor Angst«, sagte ich. »Meine Mutter macht sich um dich auch die meisten Sorgen. Dass du es vielleicht entwürdigend finden würdest und so weiter.«

»Es gibt nichts Entwürdigenderes als in seinem eigenen Dreck zu liegen.«

Dann schwiegen wir beide. Zwischen uns entstand eine Stille, die wohl tat. Auch wenn ich ein wenig fror und sah, dass sie um die Nase herum ziemlich rot war, ließen wir uns das nicht anmerken.

Das Meer lag bleich da. Weit draußen blinkte der Leuchtturm in gleichmäßigen Abständen. Die ›Peter Wessel‹ glitt mit hell erleuchteten Decks und Salons an uns vorbei. Dort ging es sicher schon hoch her. Und ganz, ganz langsam sank die Sonne im Südwesten unter den Horizont. Feurige Arme spielten über den diesigen Himmel.

»Wenn du wüsstest, wie oft ich hier nur gesessen und hinausgeschaut habe«, sagte sie plötzlich.

Ich nickte. Ich war zwar schon früher am und auf dem Meer gewesen. Aber so hatte ich es noch nie erlebt. Nie in so vollkommener Ruhe.

»Es wird wohl eine Weile dauern, bis wir wieder hier sitzen.«

»Bald ist Winter«, sagte ich. »Wenn die Stürme kommen, kommt das hier wohl weniger in Frage.«

»O doch«, meinte sie. »Gerade dann.« Und nach einer kleinen Pause fügte sie hinzu: »Ich krieg sicher Urlaub. Dann könnten wir hierher fahren.«

»Ja«, sagte ich.

Nur ungern kehrten wir wieder an den Kamin zurück. Ich legte die Hand auf ihre Beine. Sie waren eiskalt. Ich füllte die Wärmflaschen, schob sie an ihre Beine und fing an sie zu massieren.

»Herrlich«, sagte sie. »Wunderbar.«

Dann nahm ich die Schenkel, die Hüften, den Rücken und den Bauch vor. Sie lag nackend unter der Decke. Ich passte auf, bestimmten Stellen nicht zu nahe zu kommen.

»Man könnte glauben, du hättest nie etwas anderes gemacht!«

»Hab ich auch nicht«, sagte ich. »Hab mein ganzes Leben an Frauen herumgerieben.«

Die Stimmung zwischen uns entspannte sich. Ich sah und spürte, dass der Blutkreislauf wieder in Gang kam, und warf noch mehr Holz aufs Feuer.

Dann kam das, vor dem mir am meisten gegraut hatte. Die Uhr ging auf zehn zu.

»Ich glaube, ich muss jetzt.«

»Okay«, sagte ich. Mit erzwungener berufsmäßiger Miene legte ich Schlauch und Flasche zurecht, ehe ich die Decke zur Seite schlug. Ihr Körper war weiß, ihre Beine ganz dünn, ganz furchtbar dünn, nur an den Hüften saß noch etwas, was an Muskeln erinnerte. Der Katheter ragte wie ein Unheil verkündender Zapfen aus hellem, glattem Schamhaar hervor. Schnell setzte ich den Schlauch auf und öffnete den Hahn. Dann stellte ich mich ans Fenster und schaute hinaus.

»Prima«, lobte sie mich. »Du bist ja ein richtiger Profi.«

»Hab nie etwas anderes gemacht«, sagte ich. Aber ganz fest klang meine Stimme nicht.

Hinterher wurde alles irgendwie natürlicher. Ich holte den Rotwein und sie erklärte mir, wo ich ihn hinstellen musste, damit er die richtige Temperatur bekam. Dann zog ich ihr Bett an die Küchentür, briet nach ihren Anweisungen die Steaks auf beiden Seiten und schüttelte die Kartoffelchips in dem Fetttopf hin und her. Alles gelang nahezu perfekt. Abgesehen von der Sauce béarnaise, die auseinander lief. »Die soll so sein«, behauptete ich. Aber da lachte sie nur.

Vor dem Kamin schenkte ich zwei Glas Wein ein und schnitt das Fleisch in kleine Stücke. Dann aßen wir. Sie einen Bissen und ich einen Bissen. Sie einen Schluck und ich einen Schluck. Keiner von uns sagte ein Wort. Wir genossen es schweigend.

Zum Schluss nahm ich in jede Hand ein Glas und dann prosteten wir uns zu. »Herzlichen Glückwunsch zum Abitur!«, sagten wir im Chor und lachten.

»Deine Zwei im Aufsatz war wirklich verdient«, sagte sie.

»Meine Mutter wäre fast vom Stuhl gefallen«, sagte ich. »Und mein Vater hat gefragt, ob ich nicht gemogelt hätte.«

»Die sind wohl nie zufrieden. Ich hab dir übrigens eine Kleinigkeit gekauft.«

»Ich dir auch«, sagte ich ohne zu erwähnen, dass der Chef mir einen Tipp gegeben hatte.

Ihr Päckchen sah verdächtig nach einem Buch aus. Meins war schwerer, unbestimmbarer, und mir wurde ganz anders, als ich es ihr überreicht hatte.

»Du zuerst«, sagte sie und half mir aus der Klemme.

Ich bekam die letzte Ausgabe von ›Die theoretische Führerscheinprüfung‹. »Du musst den Führerschein machen«, sagte sie und schaute mich fest an. »Damit du mich besuchen und mit mir rausfahren kannst.«

»Ich dachte, du wolltest dir ein Spezialauto anschaffen! Dich selbständig machen! Koste es, was es wolle!«

Dann war mein Päckchen dran. Mir brach der Schweiß aus, als ich es öffnete. Etwas Blöderes hätte mir nicht einfallen können.

»Was ist denn das?«

Ich zeigte es ihr. Es waren Hanteln. Bleigewichte, die in schönem rotem Leder eingenäht waren. Gekauft in Fossens einzigem Sportgeschäft. »Damit kannst du deine Arme trainieren. Im Voraus, bevor du ins Unfallkrankenhaus kommst.«

Ich befestigte eine Hantel an ihrem rechten Handgelenk.

Wir starrten beide auf das leuchtende Rot, um uns nicht ansehen zu müssen. Den Arm zu heben musste für sie ja genauso schwer sein, wie wenn ein anderer eine Tonne stemmen müsste.

»Wahnsinnig komisch«, bemerkte sie nur. »Mach sie ab. Mach sie ab!«

»Ja natürlich«, sagte ich. »Aber ich wollte dich nicht . . .«

»Weg damit!«

Ich legte mein so genanntes Geschenk weg. Dann trat ich ans Fenster. Mit der Feststimmung war es endgültig vorbei. Meer und Himmel bildeten nur noch eine graue Masse. Die Blinkzeichen des Leuchtturms wirkten einsam und verlassen. Sie sagte etwas. Aber ich wollte es nicht hören.

»Lucky! Mach keinen Unsinn! Komm her und setz dich wieder. Wir wollten doch feiern, Lucky! Was ist denn los mit dir?«

»Nichts«, murmelte ich. »Ich komm mir vor wie ein Idiot. Habe es gut gemeint. Aber ab und zu habe ich hier oben einen Kurzschluss.«

Nachdem wir die zweite Flasche halb geleert hatten, waren wir beide ganz schön durcheinander. Ich rückte den Stuhl näher heran und schaute ihr tief in die Augen. Wir kicherten und wir waren ernst.

»Ich glaube, du bist ein bisschen in mich verliebt, Lucky.«

»Wie kommst du denn bloß auf die Idee«, sagte ich. »Mister Eisberg persönlich.«

»Jaaa«, sie lächelte. »Genau.«

»Clint Eastwood und Sylvester Stallone in einer Person.«

»Freut mich, dass du dich dafür hältst. Aber keiner von denen würde ein Mädchen küssen, das vom Hals ab gelähmt ist.«

Einen Moment lang wusste ich nicht, ob ich richtig gehört hatte. Sicherheitshalber kratzte ich mich am Ohr und schüttelte den Kopf. »Wie bitte?«

»Einen Krüppel küssen. Dazu sind sie nicht Manns genug.«

Die Kerzen waren heruntergebrannt. Ich blies sie aus. Dann beugte ich mich über Lissa. Ihre Augen waren weit offen, sahen alles, sahen durch mich hindurch und registrierten, dass ich zitterte, dass ich schwitzige Hände hatte und weich in den Knien war.

Ihr Mund schmeckte süß. Ihre Lippen antworteten meinen, Zahn stieß an Zahn und ihre Zunge war stark und energisch.

Nach einer Weile musste ich hoch, um Luft zu holen. »Nicht übel«, bemerkte ich. Aber sie sah mich nicht mehr an. Sie lag mit geschlossenen Augen und abgewendetem Gesicht da und an ihrer Nase lief etwas Blankes hinunter.

»Ich hab dich schrecklich lieb«, flüsterte ich. »Bin einfach wahnsinnig in dich verliebt.«

Sie gab immer noch keine Antwort.

»Ich hab keine Ahnung, wie ich klarkommen soll, wenn du weg bist.«

»Hör auf! Bitte!«

»Ich versuch ja nur es dir zu erklären«, sagte ich. »Missversteh mich nicht. Ich finde es prima, dass du Hilfe bekommst. Ist doch klar! Wollte dir nur sagen, wie mir zu Mute ist. Freut dich das denn nicht? Dass ich dich so lieb habe?«

Sie versuchte zu nicken.

»Machst du dir auch was aus mir?«

Sie überlegte. Dann nickte sie wieder.

»Prima«, sagte ich. »Super. Da hat ja keiner von uns Grund zum Klagen. Wir können das Experiment gern wiederholen«, sagte ich.

Ich bekam immer noch keine richtige Antwort. Dann drehte sie mir endlich das Gesicht zu. »Mit uns kann es doch nichts werden, Lucky.«

»Doch«, widersprach ich. »An mir soll's nicht liegen.«

»Aber ... denk doch mal an ...«

»Woran?«

Da schwieg sie wieder. Nach einer Weile fuhr sie fort: »Du sagst ja nur, dass du mich gern hast, weil du Mitleid mit mir hast.«

»Nein, Lissa, das stimmt nicht.«

»Dann eben, weil du Buße tun willst.«

»Was redest du da eigentlich?« Ich verzweifelte langsam. Ich war im siebten Himmel gewesen und jetzt brach alles zusammen.

»Du glaubst, dass der Unfall deine Schuld war. Dass du an Per Olafs Tod schuld bist.«

Allmählich dämmerte mir, was sie meinte. »Ja, stimmt das denn nicht?«

»Nein«, sagte sie. »Wenn jemand die Verantwortung übernehmen muss, dann bin ich das.«

»Nun mach mal einen Punkt, Lissa. Du weißt genauso gut wie ich, dass Proffen wütend und verzweifelt war, weil ich ihn hintergangen hatte. Deshalb ist er doch wie ein Verrückter gefahren.«

»Dann will ich dir mal was erzählen«, sagte sie. »Per Olaf fing nämlich an zu weinen. Und da habe ich gelacht. Und dann konnte ich einfach nicht mehr aufhören. Um sich zu rächen, um mich zu erschrecken, fuhr er viel zu schnell. Schleuderte durch die Kurven. Du kennst mich ja. Ich wurde fuchsteufelswild. Verlangte, dass er mich sofort rauslassen sollte. Da fing er an zu lachen. Und da ... da machte ich einfach die Tür auf und wollte raus. Obwohl wir über hundert fuhren. Er kriegte wohl einen Schock. Jedenfalls warf er sich herüber, um den Türgriff zu packen ...«

Ich starrte sie an. Allmählich ging mir ein Licht auf. »Du meinst ...«

»Das Übrige weißt du«, sagte sie.

Es dauerte eine Weile, ehe ich meine Stimme wieder fand. Ich dachte an Proffen. Was für eine Angst musste er in dem Augenblick gehabt haben. Als er den Abhang runterschoss und wusste, dass ... Oder Lissa, die das Ganze verschwiegen hatte. »Warum hast du nichts gesagt?«

»Glaubst du, das ist so einfach? Zuzugeben ... Ich habe überlegt und überlegt. Was du wohl von mir denken würdest. Und Papa, der alles auf Per Olaf schieben will. Glaubst du, es ist so einfach, schuld daran zu sein, dass er tot ist?«

»Nein«, sagte ich. »Das glaube ich nicht.« Ich ließ mir das alles durch den Kopf gehen. Plötzlich stieg eine so rasende Wut in mir auf, dass ich fast daran erstickte. »Vor allen Dingen deswegen nicht, weil ihr einen Haufen Geld verliert, falls das rauskommt.«

»Lucky ...«

»Deshalb hast du kein Wort zu mir gesagt, nicht wahr? Weil du Angst gehabt hattest, ich könnte mich verplappern!«

Plötzlich hatte ich die Schnauze voll von ihr, dem Landsitz, der Lähmung, dem Krankenhausgeruch, von mir, von allem. Einen Moment lang war ich drauf und dran, abzuhauen, meine Sachen zu schnappen und das ganze Elend hinter mir zu lassen. Dann dachte ich an die einsame dunkle Landstraße. Zehn Kilometer bis zum nächsten Haus. Dazu hatte ich keine Lust. Ich musste mich also ablenken und fing an aufzuräumen.

Ihre Blicke folgten mir, als ich den Schlafsack auf dem Sofa ausrollte und mir die Klamotten auszog.

»Gute Nacht!«, sagte ich und verkroch mich.

Sie gab keine Antwort. Eine Zeit lang war es ganz still im Zimmer. Nur die glühenden Holzscheite im Kamin knackten und die Lederkissen unter mir gaben kleine Geräusche von sich.

»Ich habe der Versicherung alles erzählt«, sagte sie nach einer Weile. »Absolut alles. Jetzt müssen die Dinge ihren Lauf nehmen.«

Auf einmal war ich nicht mehr wütend. Eine neue Ruhe breitete sich in mir aus. Das Chaos wich. Alles klärte sich auf. Eine Frage musste ich ihr jedoch stellen: »Warum hast du mir nie was gesagt?«

»Weil ich Angst hatte, dass du wegbleiben würdest.« Und nach einer Pause: »Ich brauche dich, Lucky.«

Eine halbe Stunde später lagen wir im Dunkeln da und wollten schlafen. Ich hatte ihr Bett ans Sofa gezogen. Nun war ich ihr so nahe, wie ich nur sein konnte.

Plötzlich sagte sie: »Hast du mal darüber nachgedacht, wie zufällig alles ist? Wenn Papa nicht die Stellung angeboten bekommen hätte, Per Olaf kein Auto gehabt hätte, ihr beide nicht Freunde gewesen wäret, die Straße nicht so kurvig und ich nicht so aufbrausend gewesen wäre, würden wir jetzt vielleicht nicht hier liegen.«

»Stimmt«, sagte ich. »Das Leben ist ein Spiel.«

»Und wir wollen es gewinnen?«

»Genau.«

Und als ich am Einschlafen war: »Lucky? Wenn ich dich nur fühlen könnte.«

»Eines Tages«, murmelte ich. »Das kriegen wir auch noch hin.«

Dann nahm ich ihre Hand, legte sie an meine Wange und glitt in neue Träume hinein.

Jerry Spinelli

TAUBENJAGD

Palmer erzählte Dorothy, wie beängstigend es war, der einzige Mensch in der Stadt zu sein, der eine Taube besaß. ... Wieder und wieder beteuerte er, dass er wirklich, ganz wirklich kein Halsumdreher werden wollte ...
Dorothy durchquerte das Zimmer, stellte sich vor Palmer und sah ihm direkt in die Augen.
»Dann lass es«, sagte sie.
Aber Palmer kann sich nicht vorstellen, gegen den gültigen Ehrenkodex dieser Stadt zu verstoßen, in der es Tradition ist, jeden Sommer ein Volksfest zu veranstalten, dessen Höhepunkt eine Taubenjagd bildet. Die Jungen der Stadt haben dabei die »Ehre«, die nur angeschossenen Tiere einzusammeln und für ihre »Erlösung«, d.h. ihren Tod zu sorgen. Alle Jungen fiebern erwartungsvoll diesem Ereignis entgegen – nur Palmer nicht, der heimlich eine Taube hält. Ein fast unlösbarer Konflikt. Der nächste »Taubentag« wird darum entscheidend für Palmers ganzes Leben sein.

Auf der Ehrenliste der „Newbery-Medal", 1998
Auf der Deutschlandradio/Focus-Bestenliste „Die besten 7", 1999

DRESSLER